El jurado del XVIII Premio La sonrisa vertical (enero de 1996) ha estado compuesto por: Luis García Berlanga, Juan Marsé, Ricardo Muñoz Suay, Almudena Grandes, Rafael Conte, y Beatriz de Moura en representación de Tusquets Editores.

La sonrisa vertical

Colección de Erótica dirigida por Luis G. Berlanga

José Carlos Somoza

Silencio de Blanca

XVIII Premio La sonrisa vertical

1.ª edición: marzo de 1996
2.ª edición: mayo de 1996
3.ª edición: enero de 2008

© José Carlos Somoza, 1996

Diseño de la colección: Clotet-Tusquets
Diseño de la cubierta: BM
Reservados todos los derechos de esta edición para
Tusquets Editores, S.A. - Cesare Cantù, 8 - 08023 Barcelona
www.tusquetseditores.com
ISBN: 978-84-7223-968-5
Depósito legal: B. 390-2008
Fotocomposición: Foinsa - Passatge Gaiolà, 13-15 - Barcelona
Impresión: Limpergraf, S.L.
Encuadernación: Reinbook
Impreso en España

Indice

P. 13 Ritual de la rosa (I)
    31 Ritual de la danza
    47 Ritual del espejo
    65 Ritual del castigo
  101 Ritual de la ceguera
  141 Ritual del encuentro
  171 Ritual de la pérdida
  179 Ritual de la muñeca
  195 Ritual de la rosa (II)

Silencio de Blanca

Para María José

Ritual de la rosa (I)

Nocturno en si bemol menor opus 9 número 1

(En la partitura: un grupo de seis corcheas inicia el tema, larghetto espressivo, piano.)

Los dedos deberían acariciar con suavidad, apenas el roce de los extremos, como de puntillas, sin brusquedades, las muñecas flexibles, las palmas ahuecadas: transformar entonces esa caricia, imperceptiblemente, en cuatro breves toques; al repetir, con ligereza, jugar sobre el mismo punto, cosquilleando casi, hasta terminar en el remanso de blanca. La otra mano, la izquierda, apenas se mueve: palpa y traza círculos sobre la superficie en un lentísimo masaje, casi levitando, como si quisiera percibir el calor de una piel sin llegar a tocarla o distinguir las palabras recibiendo en los dedos el aliento que las produce. Esa mano no debe variar, forma el dulce tejido que envuelve el cuerpo, crea la figura. La figura.

Me esperaba sentada en el banco con las piernas cruzadas: esa imagen regresa tantas veces a mis ojos que parece permanecer, pero es sólo un recuerdo. Yo me acerco por la vereda junto a los árboles, ahora salpicada de hojas amarillas. Ella me espera en el banco, naturalmente solitaria. Este sábado vestía un brevísimo gabán acharolado bajo el que despuntaba no mucho más allá el borde último de la minifalda; entonces las botas negras, cortas, hasta los tobillos; sus piernas no estaban desnudas, pero lo parecían: las medias cobraban forma mientras me acercaba, reflejos en sus rodillas, reflejos en la delgada silueta de los muslos; el cabello casi de nieve, suelto, ocultando su rostro. Me acerqué pero me detuve un instante antes de sentarme junto a ella, pensando en lo que iba a hacer: ¿cómo expresar el amor en silencio, sin invasión, un amor de palabras creadas con los gestos? Cuando me hallo frente al piano, como ahora, me parece que resulta sumamente sencillo con la música: no hay lenguaje pero lo hay, no existen palabras pero se escuchan voces, algo habla en nuestro oído como en los sueños de un loco. Sin embargo, en aquel momento no lo recordé: mi ansiedad me llevaba a desear que todo saliera bien, o mejor aún, que todo saliera muy mal, porque eso me condenaría a repetir.

Me acerqué por fin. Una pareja también se aproximaba, aunque en dirección opuesta: nos cruzaríamos en el banco, frente a ella. Eran jóvenes: él llevaba cazadora a rombos y ella un anorak blanco; no se miraban ni nos miraban: cada uno parecía interesado por un lugar diferente del parque; sin embargo, entrelazaban sus manos mientras caminaban. Eso me dio la idea: el tacto, claro; el tacto a ciegas, la conciencia de estar juntos como la conciencia de los latidos: ahí, aunque oculta, perenne. ¡Eso ya era una expresión sin palabras! Pensé que tendría que aplicar aquella lección entre nosotros.

Llegué hasta el banco y me senté junto a ella: un aroma a flores distintas me alcanzó con la brisa fría que removía las hojas; era lo justo, no me sentí incómodo. Ella no se había movido: seguía con las piernas cruzadas, descubiertas, el pelo blanco ligeramente desordenado, la visión fugaz de las esquinas de sus gafas de sol; ahora también observaba el pequeño bolso en su regazo. ¿Dónde estaría la flor? «Quizás la oculta, o quizás no la ha conseguido», pensé. Sin embargo, una flor era necesaria: la imagen que nos inspiró el ritual, el *Amor generoso* de Lucas Waltzmann, que ahora contemplo frente a mí, en la pared opuesta al piano de cola del salón, consiste en dos figuras azules al estilo de Picasso, con cierto aire circense; una le entrega a la otra una flor, y esta ofrenda es lo importante porque el artista ha cortado los rostros por la mitad; dos seres anónimos y asexuados cuya única importancia estriba en dar y recibir.

Lo primero que hice fue contemplarla detenidamente. Recuerdo que me pregunté cuál tendría que ser mi siguiente paso: ¿cómo expresar el amor en silencio? Pensé en el deseo. El silencio del amor es el deseo. O quizás debería decir que todo silencio lleva implícito un deseo, y por ello una ofensa. El simple hecho de mirar, ¿acaso no es ya una intromisión? Ante una mirada, un cuerpo siempre se muestra desnudo.

Yo miraba su cuerpo desnudo.

La espalda recostada sobre la débil curva del banco, una S invertida; las manos sobre los muslos; las piernas delgadas, juveniles; la delicada silueta de una adolescente ya desarrollada; y su pelo, lacio, intensamente blanco, intensamente extraño. Persistía en su indiferencia, las piernas cruzadas, el rostro resguardado por los cabellos. Pensé en una amante primeriza necesitada de exquisita lentitud, incluso de cierto grado de distancia.

Dios mío, la quise tanto en aquel momento.

No supe por qué, pero fue quererla de esa manera y saber casi de inmediato y con absoluta certeza que la había dañado: hay un algo de agresión en todo sentimiento. Y, por lo mismo, deseé llorar. Era como si la fuerza de mi deseo la alejara de mí, como esos nadadores torpes y nerviosos que se adentran cada vez más en el mar mientras bracean frenéticamente intentando llegar a la orilla. Así pues, mirar no bastaba: mirar en silencio, deseando, es alejar, distanciarse, añorar desde algún punto solitario; y esa no es la expresión silenciosa del amor, porque no llega, no alcanza, se agota en ese deseo lejano. Era preciso hallar algún gesto de intercambio, pero ¿cuál?

Fue la casualidad de aquella pareja, que caminaba sintiéndose a ciegas, lo que me sugirió el primer movimiento: extendí mi mano izquierda y toqué la derecha suya, tan fría.

Ella se dejó hacer con un abandono que me afectó: abrió la mano y recibió la mía sin apretarla. Aún no me miraba, y yo no esperaba que lo hiciese: realmente nuestros ojos no importaban, el artista había cortado los rostros por la mitad y las figuras eran ciegas. Atraje su mano hacia mi cuerpo sintiendo sus dedos delgados como marfiles y los débiles tendones inquietos. La deposité sobre mi pierna y la entrelacé. Permanecí un instante así, cerrando mi mano sobre la suya, pero no logré compartir mi calor: continuaba helada, como de cristal. Algo en esa obstinada frialdad llegó a excitarme: pensé de repente, con esa rapidez con la que todo acude y huye de nosotros, con esa fugacidad que convierte hasta lo más solemne en pura intrascendencia, que ese frío de su mano era el frío de su cuerpo, y que el frío de su cuerpo obedecía a que se ocultaba desnuda. Pensé que sólo llevaba encima el gabán de brillo de charol, la breve minifalda y las medias, pero nada más: la tarde de octubre se había depositado sobre su piel convirtiéndola en mármol tierno, en dulce estatua de parque. Y fue como tocar de repente las aristas de una joya y sentir el deseo de robarla: un deseo infinito de posesión. Su mano derecha cerrada en la mía, muy fría, los dedos delgados, las uñas muy recortadas, sin pintar, casi un modelo a escala de su propio cuerpo frío y delgado, parecía pedirme que prosiguiera.

Apoyé entonces mi mano derecha en su muslo; acaricié con torpeza la malla lisa de la media, la suave curva del músculo, el redondeado promontorio de la rodilla. Quise descruzar sus piernas con un gesto, y ella entendió y obedeció: separó los muslos hasta que mi mano dejó de presionar y permaneció así. Un ligero ángulo en uve de sus muslos convergía hacia el centro de la pequeña falda, que se había tensado.

Obediencia: ahí estaba el peligro. En esa dejadez se hallaba el riesgo.

Dar no es tomar: ella da en espera de que yo respete, ese es el sentido del ritual. Mi forma de aceptar lo que ella ofrece consiste en respetar su ofrenda.

Descubrí la flor junto a su muslo izquierdo, sobre el banco: el gesto de descruzar las piernas la había revelado. Era una rosa, y parecía recién cortada. Destacaban dos o tres espinas en el tallo, los pétalos se hallaban muy juntos y eran demasiado pequeños. No era una flor bonita, pero no importaba: se trataba de mi premio.

Ella no me miraba: permanecía con el rostro vuelto, los cabellos blancos rozándome. Ofrecida. Durante un instante ese ofrecimiento infinito me trastornó y no supe proseguir: cerré los ojos sin apartar la mano de su muslo derecho, tenso. Gritos de niños y ruidos de barcas me llegaron desde el gran lago cercano. «Te amo», pensé, pero de nada sirvió. Me sentí torpe.

Deslicé entonces mi mano derecha por su pecho: el gabán parecía su propio cuerpo, y me reveló lo que ya sospechaba. Comprendí que, en efecto, se hallaba desnuda. Al tacto comprobé varias veces lo ceñida que se encontraba la falda en la cintura: estaba seguro de que no había ropa interior. Por un instante me sorprendí de que la gente que paseaba ociosa frente a nosotros no lo descubriera también.

Qué obsceno me pareció entonces tocarla: las caricias eran casi imaginarias, porque en ningún momento sentí su piel real, salvo en la mano, pero toda caricia imaginaria —lo supe de inmediato— es terriblemente obscena, toda barrera es justo lo más vulnerable. Porque contemplar su desnudez no es comparable a suponerla, y porque su abandono entre mis manos invitaba al error: semejante a ciertas músicas, su propia facilidad escondía un poderoso desafío.

Por fin, descendiendo por su falda, busqué la piel bajo ella, introduje los dedos con improvisada brusquedad y apreté su muslo con algo más que la simple presión, con algo más que el deseo de que la carne muscular, tensa, se venciera bajo mis dedos, con algo más que el tacto. Fue un error.

Ella se apartó de mí con la violencia del que despierta de un mal sueño: se puso en pie, recogió el bolso y la flor y se alejó por el camino de tierra y hojas.

Me sucedió algo increíble: su huida me excitó aún más que su presencia. De repente toda su figura, su forma de andar, cualquier ínfimo detalle, la levedad con que la brisa agitaba sus cabellos lacios, por ejemplo, o la sombra de sus piernas al moverse, me pareció insoslayable: todo estaba allí, en ella, y yo debía poseerlo.

(En la partitura: sotto voce, comienzo del segundo tema; el acompañamiento persiste con la misma figura.)

Muy suave siempre: lo importante aquí es que la mano izquierda cambie de tonalidad sin transición ni interrupciones. Es necesario practicar con ella todo el acompañamiento, seguir de cerca al segundo tema, sin variar, para que el conjunto se deslice con fluidez.

La mente se me va al sábado y a nuestro ritual de la flor. Y no veo mejor lugar para narrar estas impresiones que aquí, junto a las acotaciones que hago a las partituras que estoy estudiando, quizás porque a su modo también son una forma de música. Es curioso, ya que jamás me he puesto en serio a escribir sobre nuestros rituales, pero ahora que lo hago descubro sus misterios.

Realmente, no existen reglas preestablecidas sobre lo que debemos hacer o lo que no: en un ritual todo depende de nuestros sentimientos y reacciones. La única ley es la libertad de hacer y de querer. No hay límites, pero en esto somos como los artistas que realizan acrobacias a gran altura y prefieren no pensar en la distancia que les separa del suelo. No encuentro sino una sola costumbre, pero ésta tan recia que se ha hecho ley, y, por sus mismas características, simplemente tácita, aunque muy respetada: el silencio.

Blanca nunca me habla y yo procuro imitarla, aunque soy en esto —como en todo— mucho menos constante. Algún día escribiré sobre ese silencio, profundizaré en él, y quizás llegue a concluir que es la clave del ritual, no sólo de su desarrollo sino de su interrupción. Algún día escribiré sobre eso, aquí también, al margen de las partituras, o en hojas sueltas junto al pentagrama, y quizás complete por fin la teoría que estoy forjando: quizás hable del silencio del éxtasis y de la adoración; quizás indague en el silencio absoluto de Dios. Pero baste con la intención por ahora.

Volviendo al sábado pasado en el Retiro: la seguí, en efecto, no desde muy cerca, sin saber lo que se proponía, acaso nada. En su conducta a veces no hay intenciones concretas, bien lo sé, aunque carezco de pruebas: Blanca y yo nos conocemos desde hace mucho tiempo, pero aunque eso nos permite en cierta medida inferir los secretos del otro, nuestro saber bordea en ambos una amplia zona de ignorancia: es un conocimiento de sábados nocturnos —y no de todos—, sin más implicaciones que nuestro propio placer. Hacemos y reaccionamos, tan sólo, pero no me parece raro: llega un momento en el que cualquier relación alcanza ese punto. Entonces se dice con frecuencia que «sobran las palabras», pero realmente no sucede así: simplemente carecen de importancia. Pueden existir, quiero decir, sin que el silencio se quiebre.

Me gustaría, por lo tanto, narrar nuestro encuentro del sábado sin reflexionar sobre él: sucedió, simplemente, y nosotros hicimos lo que quisimos hacer. Ninguno de los dos llegó a meditarlo, y el final —si de eso se trató— fue recién creado. Desearía decir, por ejemplo, que la seguí hasta alcanzarla por fin entre los árboles, hacia donde se había dirigido, pero me equivocaría, y lo mismo si hablara de «perseguir», «huida» o «lejanía»: sólo si se entiende que «ir tras ella» era «ir con ella» puedo continuar, no tengo otra forma de expresarlo.

Es posible que todo resulte menos complicado si hablo de imágenes: tengo en la cabeza la visión de dos botones blancos y simétricos, los que adornaban su gabán negro por detrás, sobre una especie de ancho cinturón de la misma tela de charol. Tengo esa imagen aquí, conmigo, y quisiera compartirla: el lento, rítmico balanceo de sus caderas, el vaivén de sus pasos, pero sobre todo aquellos botones casi a la altura del inicio de sus nalgas, ondulando ante mis ojos, y su talle delgado, su silueta femenina, el pelo blanco en cascada sobre la espalda.

Y la forma en que me aguardó: se desvió del camino sin apresurarse y empezó a avanzar por entre la hierba. Nada tenía de invitación aquel gesto, y ella no miró hacia atrás en ningún momento, pero la seguí. Entonces, en algún punto, quedó inmóvil. Y fue así: con las piernas muy juntas, los tobillos unidos, las manos en ambos brazos revelando la flor que sostenía sobre el derecho, la perfecta simetría de su pelo en vertical.

Tras un instante de vacilación, supe lo que tenía que hacer: me acerqué a ella hasta rozar su espalda y me arrodillé.

No era aquella una zona especialmente frecuentada del Retiro, menos en esta época del año y con la tarde declinando, pero aun así había curiosos. No me importó. Han dejado de importarme las cosas junto a Blanca. Simplemente me arrodillé, deslizando mi rostro por su espalda, percibiendo su piel debajo, la suave elevación de la falda, a la vez que envolvía sus piernas con ambas manos, apretándolas como si quisiera despojarla de las medias.

Acariciar sus piernas esbeltas me produjo dolor: no puedo explicar ese dolor. Quizás es inevitable cuando se percibe algo tan hermoso, o quizás se trata de la enorme mentira de la posesión, porque cuando creemos poseer, perdemos. Recuerdo que apoyé la mejilla sobre sus muslos juntos y noté que mis ojos se humedecían. De repente sentí la necesidad imperiosa de protegerla para siempre: ese sueño que tenemos alguna vez y del que nunca despertamos del todo, y que nos asegura que realmente somos necesarios para la vida de alguien. Blanca se liberó de mi abrazo y volvió a apartarse de mí, aunque con menos violencia, como si algo dentro de ella no lo deseara. Me incorporé y sacudí mi ropa. Fui apenas consciente de que algunas personas nos observaban, y eso me divirtió.

Ella me daba la espalda, inmóvil frente al tronco castaño de un árbol, como castigada. Observé sus hombros trémulos y supe que lloraba. Pensé que ya existía, por fin, un intercambio: ella recogía mi sufrimiento y me entregaba el suyo en silencio.

Raro, muy raro es crear el amor a partir de sus consecuencias: eludir el instante del conocimiento mutuo, o aquel otro de la charla intrascendente; obviar la inevitable primera cita o la lentitud en el descubrimiento de los gustos ajenos. Qué extraño pasar casi directamente al momento que nunca se olvida precisamente porque es único: aislar lo que de verdad merece la pena del amor y experimentarlo así, en su propia soledad, sin un antes ni un después.

Blanca y yo no estamos enamorados: esa es la clave.

Y reconozco que el sábado pasado mi romanticismo sufrió un golpe mortal: porque he descubierto que incluso el amor se puede inventar —de hecho, ¿no es lo que hacemos siempre?

Lloraba. Llorábamos. Ambos. Pero nuestro llanto, como la flor, sólo era improvisación. Y supe que el final adecuado, el gesto por mi parte, la expresión silenciosa de ese amor que era el propósito último del ritual, consistía en abandonarla en ese instante. Porque después de haber demostrado que la deseaba tanto, ¿qué otro gesto de amor puede ser más expresivo que el sacrificio de respetarla? Di media vuelta y comencé a caminar alejándome de ella, en dirección a la vereda. Para los curiosos que nos habían contemplado —parejas de diversas edades, incluso niños—, éramos los protagonistas de una breve escena romántica. Me pregunté con interés qué historia imaginaría cada uno de ellos sobre nosotros: por pura similitud, cualquier historia inventada sería cierta.

Lo percibí antes de llegar al sendero: ella me seguía. No quise detenerme, pero tampoco deseaba evitarla. Llegó hasta mí —es rápida, ágil, silenciosa— y me ofreció la flor.

Fue así: avanzó hasta alcanzarme y me tendió la flor sujetándola entre los dedos. Tuve una fugaz visión del destello de sus gafas de sol, de su hermoso rostro maquillado y húmedo de lágrimas, de sus labios rojos. Me demoré un instante contemplándola antes de aceptar la ofrenda: sus labios temblaban, pero había algo en ellos que era como el anticipo de una ingenua sonrisa. Cogí la flor de entre sus dedos con la fingida torpeza de quien desea mucho más de lo que recibe. Entonces ella continuó caminando y se alejó con rapidez. En poco tiempo la perdí de vista.

Me detuve un instante y contemplé la flor. Después salí del parque casi justo a la hora de cierre, y sintiendo ya todo el frío del anochecer. Mientras regresaba a casa en coche pensé algo sorprendente: el ritual, distinto a cualquier otro —dentro de la gran variedad de los que realizo con Blanca—, había logrado imitar una pasión. Era casi una muestra aislada de adoración, y eso es lo terrible.

He llegado a creer, de acuerdo con esto, que el amor entre dos almas también es un teatro, y, por lo tanto, una prostitución, como el amor de los cuerpos.

El regreso al tema debe ser muy suave: la mano izquierda continúa su acompañamiento mientras la derecha realiza la transición en legatissimo. Entonces vendrá ese momento dulce, el encuentro con la melodía inicial en modo menor, apagada, lánguida. Siempre demasiado brusco: es necesario repetir este pasaje.

Hoy, cinco veces: no practicaré de nuevo el mismo Nocturno, al menos en esta semana. El concierto —mi único concierto del año— ha sido retrasado hasta diciembre, me lo ha dicho Mendizábal en el conservatorio esta mañana. Escuché la noticia con cierta ofendida impaciencia, aunque debo reconocer que sólo se vulnera mi vanidad: diciembre es un buen mes para lograr que asista el público suficiente —amigos, estudiantes de piano...—, y, además, la preparación de una selección de los *Nocturnos* de Chopin es un trabajo ímprobo y este nuevo retraso, en el fondo, me beneficia a mí más que a nadie. Sin embargo, mi dignidad sigue estúpidamente herida:

—Puedo estar listo para noviembre —repliqué con mansedumbre.

—Nadie dice lo contrario, Héctor —me mostró los dientes lapidarios, equinos, enormes—, pero ya no habrá más retrasos, y al final vas a terminar agradeciéndomelo.

No, no se lo agradeceré, pero da lo mismo. Quizás lograra el equilibrio justo si prescindiera de mis clases privadas por las tardes: ya son diez los alumnos que se disputan mis lecciones todas las semanas. Falta de tiempo y cierta fatigosa tendencia al perfeccionismo, particularmente en lo que respecta a Chopin, y que en nada me ayuda, contribuyen a este desajuste. Así que no puedo quejarme: un recital solista siempre es un grave riesgo, incluso cuando no se tiene un gran nombre que exponer, y creo que resultaría tópico aclarar que quiero hacerlo lo mejor posible.

Ha ocurrido algo: terminaba de practicar el Opus 9, número 1, por octava vez en lo que va de tarde, y con la nota final he sentido abrirse y cerrarse la puerta de la calle casi en mágica coincidencia. He alzado la voz para decir:

—Lázaro.

Pero no he obtenido respuesta.

Todo se ha desarrollado así: el sonido doble de la puerta, llamar a mi hermano inútilmente y comprobar que había venido y se había vuelto a ir con suma rapidez. Intrigado, he dejado los ensayos y me he dirigido a su habitación sin un propósito concreto.

Vivimos solos él y yo, de modo que mi hermano puede disponer de una buena parte del piso para estar a sus anchas. De hecho así es, porque posee un amplio y cómodo dormitorio y un cuarto-estudio adyacente. Sin embargo, apenas los frecuenta: la cama plegable siempre está hecha, los libros colocados en un orden casi monótono, su pequeño trofeo de natación invadido de polvo, la foto de papá y mamá bocabajo, quizás por error, pero para toda la eternidad. Lo que más utiliza es su equipo de música, aunque con auriculares —para no molestarme—, así que su presencia en casa constituye casi siempre un débil susto para mí, casi un allanamiento de morada por parte de un extraño que crece día a día —ya con dieciocho años recién cumplidos—. No importa, me digo a veces: su vida privada me interesa en la medida en que ese interés no le molesta —y en la medida en que es mucho más joven que yo y vive a mis expensas—, pero cada vez resulta más difícil no molestarle —para ser justos, a mí me ocurre lo mismo—. Sin embargo, hay ciertos temas que no puedo pasar por alto.

Reconozco que ya he desarrollado una especie de sexto sentido para su pequeña traición, y en aquel momento me avisó aun antes de entrar en su cuarto de baño y rebuscar en el botiquín.

Me pregunto por qué juega al doble juego de ocultar y desvelar lo que hace: por qué deja pruebas de aquello que después pretende negarme, con esa interminable afición tan suya a la mentira pueril.

Allí estaban, envueltos en papel de plata pero tan visibles que parecían casi colocados adrede para destacar: cinco o seis cigarrillos fabricados con torpeza, irregulares, malolientes. Algunos habían sido encendidos y vueltos a apagar antes de consumirse, en espera de mejores ocasiones.

Aguardé hasta un poco después de la madrugada y le oí regresar por fin. Su pelo rubio estaba revuelto y los ojos se hallaban enrojecidos, pero nada más: al verme de pie en el vestíbulo con talante de cancerbero, se quedó plantado junto a la puerta, llave en mano, y aguardó mis palabras.

—Lázaro, tenemos que hablar —le dije.

—¿Por qué? —replicó.

Sin embargo, me acompañó dócilmente al salón: yo me senté junto al piano y él permaneció de pie. Le invité a sentarse pero lo rechazó con un gesto.

Ahora me percataba de su rostro enrojecido y su voz nasal, como si se hubiera hartado de llorar. Le expliqué lo que había encontrado en su baño y me escuchó en silencio, sin demostrar sorpresa ni impaciencia sino cierta tranquilidad que logró inquietarme.

—Tengo mi propia vida —se encogió de hombros cuando acabé.

—Y quiero que la sigas teniendo —repliqué.

Me dijo entonces que sólo eran canutos, marihuana, pero yo le dije que me daba igual: era droga, y la droga mata. En realidad no fue una discusión: Lázaro y yo jamás discutimos, tan sólo intercambiamos opiniones. Yo le expliqué lo que iba a hacer, también con suprema tranquilidad: pediría hora para él con un psicólogo o un médico, un profesional que le ayudara a sobrevivir sin muletas de ese tipo. Le dije igualmente que había tirado a la basura todos los canutos, o lo que fueran. El no me miró al preguntarme, por fin:

—¿Puedo irme ya?

—¿Adónde?

—A mi habitación.

Respiré hondo y le dije que sí. Entonces se alejó por el pasillo. Le llamé:

—Sólo intento ayudarte.

Ni siquiera se detuvo. No hemos vuelto a hablar del tema.

Ritual de la danza

Nocturno en mi bemol mayor opus 9 número 2

(En la partitura: se inicia el tema, andante, con cierto ritmo de vals, espressivo y dolce; acompañamiento marcado con pedal.)

Mantener el ritmo constante aunque con sutiles variaciones que no deben estorbar al conjunto es uno de los mayores desafíos de interpretar a Chopin. Resulta difícil dominar esa técnica especialmente aquí, en que la mano derecha lleva toda la melodía y la izquierda apenas se aparta del ritmo de tres corcheas a 12/8. Sin embargo, es necesario adiestrar los dedos en este lento bailable para ejecutar todo el Nocturno con la adecuada fluidez.

El gabinete, que elegí al azar, está situado en una bocacalle de Princesa, y posee espejos y cristales rectangulares, como una casa formada sólo por ventanas o un frágil laberinto. Hay música ambiental en la recepción y enormes cuadros abstractos que relajan la mirada: círculos, espirales, vacíos realizados en un solo color. La doctora que me atendió, Verónica Arcos, también elegida al azar (y creo que con mucha fortuna), es bastante joven, le calculo unos treinta años, y lleva el cabello rizado y espeso como melena de león; posee además un rostro particularmente agradable y una atractiva figura que no desdeña mostrar: vestía un modelo de firma en una sola pieza de color amarillo fuerte y muy breve, con medias negras; los muslos, largos y modelados, captaron inevitablemente mi atención. Un broche dorado, que después, en una conversación más relajada, supe que imitaba a Quetzalcóatl, se asentaba sobre la convexidad de su pecho izquierdo, y de vez en cuando ella lo repasaba con sus largos dedos, provocando reflejos. Cuando la vi por primera vez pensé en una sirena: al levantarse y saludarme, sus piernas, ceñidas por las medias negras, me parecieron casi obscenas, pero al volver a sentarse y entrelazar sus manos con dedos de uñas sin pintar adoptó un aire completamente opuesto al erótico; excitante de cintura para abajo, profesional por encima, híbrida, con un tono de voz también confuso, grave, en desacuerdo con la feminidad de su figura. Creo que la noté al principio un poco tensa, pero puede que fuera mi propia tensión. Un espejo (después pensé que escondería un cristal unidireccional) nos reflejaba con limpia exactitud desde la pared opuesta a la puerta.

—¿Puedo fumar? —le pedí.

No puso objeciones, y sin embargo creí necesario aclarar algo:

—No suelo fumar. En realidad, casi nunca lo hago. Pero es que ahora estoy nervioso.

—¿Por lo de su hermano? —dijo.

Encendí un cigarrillo mientras asentía:

—Sí. No sé cómo voy a solucionar este problema. Es muy joven.

—Creo que me dijo que tenía dieciocho años —replicó sin ninguna entonación.

—Para mí, eso es ser muy joven —dije.

—Ya.

Sucedió algo que debo calificar cuando menos de curioso: yo era el que traía todas las preguntas, pero ella me hizo muchas más. De repente fui consciente de que estaba suministrando explicaciones a la defensiva, como si hubiera sido ella la que hubiese concertado aquella cita. La sutil metamorfosis (de interrogador a interrogado) fue tan leve que apenas la percibí hasta un instante después: para entonces ya había respondido algunas cosas.

—Tengo entendido que vive con usted —su sonrisa perenne seguía revelando tensión, pero eso, sin saber por qué, me agradaba.

—Así es.

—No recuerdo si son más hermanos en la familia.

—No. Sólo Lázaro y yo.

—Y usted está soltero.

Abrí la boca para responder, pero ambos parecimos darnos cuenta al mismo tiempo de la extraña improcedencia de la frase.

—Quiero decir, que viven solos —dijo entonces.

—Sí.

—¿Sus padres fallecieron?

—Sí. Mi padre hace diez años. La madre de Lázaro hace cuatro años.

—Lázaro es hijo de un segundo matrimonio de su padre...

Su forma de preguntar afirmando al mismo tiempo, como si ya conociera todas las respuestas, me asombraba:

—Eso es.

—Y no tiene a nadie más en el mundo.

Asentí. Ella agregó:

—Está en la edad de desarrollar una dependencia afectiva muy fuerte: la entrada en los dieciocho años es siempre problemática.

—Puedo comprenderlo.

—Y a veces esa dependencia de afectos es sustituida por otra clase de dependencias, ¿comprende?

—Se refiere a las drogas.

Dijo «ajá» mientras asentía. Sus dedos palpaban el broche de Quetzalcóatl sobre el firme pecho izquierdo.

—¿Hay algo que podamos hacer? —pregunté.

—Si Lázaro no quiere que le ayuden, me temo que no —respondió—: es muy joven, pero ya es mayor de edad. ¿Cree que accedería a venir a nuestra consulta?

—No lo creo —dije con sinceridad y fumé un instante en silencio. Entonces agregué—: Va a pensar usted que soy un idiota...

—¿Por qué?

—Por haber venido solo... como si la ayuda la necesitara yo —sonreí.

Ella quiso tranquilizarme, pero me sentí ridículo después de haber dicho eso. Dejé de mirarla y concentré mi atención en la pulcritud de la mesa que nos separaba.

—¿Qué relación mantiene con Lázaro? —preguntó amablemente.

—Muy escasa: él vive su vida. Pero me admira.

—¿Le admira?

—Piensa que soy un genio de la música —casi me avergonzó la carcajada que solté. Le expliqué entonces que yo era profesor de piano en un conservatorio y que de vez en cuando ofrecía recitales de compositores clásicos. Amplió su sonrisa, pero esta vez no advertí en ella ninguna clase de tensión.

—Me fascina el piano —dijo en un tono que parecía (y quería parecer) sincero.

Y pasamos sin transición, con esa facilidad que sólo otorga el diálogo entre desconocidos, a hablar de compositores: mencioné a Schubert y a Beethoven, pero le dije que sobre todo me gustaba Chopin, y ella replicó que eso revelaba a una persona «muy romántica», y que Chopin también era su favorito y poseía toda su obra. Hablamos entonces de pianistas célebres, y yo me dediqué a ejercer de crítico musical con cierta mordacidad que pareció divertirle. Me escuchó con interés y contribuyó con breves opiniones que admití como sinceras: tengo olfato para identificar al melómano devoto, y supe que ella lo es.

Cuando finalizamos aquel improvisado intercambio de intimidades ninguno de los dos pareció dispuesto a reanudar el tema de Lázaro. La doctora Arcos se puso en pie, lo que consideré como una despedida formal, y me pidió que regresara la semana próxima, a ser posible con mi hermano. Sin embargo, insistió especialmente en que viniera yo, aunque fuera solo. «Es necesario», me dijo, «ayudar a Lázaro.» Me acompañó hasta la puerta, y por el pasillo vi entrar y salir de sus despachos a otros probables psicólogos. Nadie me miró pero todos sonreían, como preparados para soportar cualquier mirada como la mía: pensé sin querer en un almacén de ropa lujosa y en dependientes que iban y venían desde los probadores. Ropa adecuada, talla adecuada. O quizás un extraño y armónico baile entre desconocidos en un salón aséptico de madera noble: movimientos, gestos, cuadros geométricos y espejos que reflejan a los bailarines.

(En la partitura: un grupo de triples corcheas pierde la tonalidad original, pero rallentando, hasta que en el a tempo se recupera otra vez la melodía.)

Curioso el esfuerzo de Elisa por destacar, por provocar mis miradas, por hacerme hablar sobre ella. Sería buena si toda esa emoción equívoca no estorbara la destreza de sus dedos. Hoy vino vestida con una pieza azul marino bastante escasa (demasiado para esta época y para sus catorce años) y una gran rebeca trenzada encima. Se había maquillado un poco los párpados y todo su delgado cuerpo emanaba un aroma fuerte y lujoso, como un instrumento nuevo. Sin embargo, en sus gestos seductores existía la misma exageración adolescente con la que interpreta los ejercicios. Reconozco que quiero pensar esto porque me halaga, aunque no creo estar equivocado: es una de mis alumnas veteranas, y desde hace tiempo sospecho que viene a casa por un interés que desborda el puro aprendizaje. No, no es cierto quizás, y la daño pensándolo, pero ¿y los detalles? Hoy se disculpó por su tardanza con una sonrisa indestructible: sus ojos, tras los cristales redondos de sus gafas, buscaban los míos constantemente y no parecían aguardar sólo mi aprobación; se concentraba en mis palabras con un interés que perduraba aunque yo dejara de hablar, como si le importara algo más que mis opiniones: como si deseara sólo mi voz. No obstante, es en el piano donde me lo dice todo más claro: se muestra apresurada, nerviosa, obsesionante. Toca con las piernas muy juntas (casi siempre desveladas hasta las rodillas, sin medias) y sus delgados dedos torturan las teclas con el estudio de Czerny casi de forma matemática; cuando le pido que se relaje consigo justo lo opuesto, pero mi silencio le afecta más. La observo tocar mientras me dedico a dar breves paseos alrededor del piano: por fin me sitúo a su espalda, contemplo sus hombros, donde resalta el polígono de los huesos, su talle ajustado por el vestido, los rizos carbón de su pelo, a la moda afro, la rebeldía de las pulseras de cuero que luce en ambas muñecas. Pobre, pienso, qué lejos de todo; qué lejos de las cosas, qué inmensamente lejos de mí: es como si la observara con prismáticos invertidos, pequeña y distante. Pretende agradarme con su dedicación, atraerme con su aspecto, quizás todo de manera inconsciente. Pero qué terrible lejanía. Y no es culpa suya: nadie es culpable de la distancia.

Voy a las clases por la mañana, a mi pequeño despacho encortinado misteriosamente con un telón turquesa cuya utilidad siempre me ha superado, pues nada oculta detrás salvo la pared, y debido al cual toda la estancia adopta aires de teatro. Vengo de las clases a mediodía, pero sigo percibiendo ese invasivo olor a piano nuevo, y a lápiz puro, y a adolescentes. Almuerzo en casa mis propias preparaciones, estudio el Nocturno semanal y aguardo a mis alumnos privados. Esta es mi rutina: un vaivén interminable cuya única y extraña sorpresa consiste en saber que algún día terminará. Por fin, ya de noche, con el oído atento al vestíbulo por si viene Lázaro, leo un poco de las amplias biografías que se han escrito sobre Chopin y me dedico a pensar garabatos que algún día trasladaré al papel; a veces improviso alguna melodía, pero les concedo la misma importancia que a los recuerdos, que son trascendentales cuando se invocan pero inútiles al desaparecer. Entonces me entrego de nuevo al Nocturno, al estudio de sus compases, a su danza oculta.

El sábado volví a quedar con Blanca. Utilizamos varios métodos para comunicarnos, pero el más habitual son las tarjetas: yo encuentro una pequeña tarjeta en mi buzón, generalmente los sábados por la mañana, y la repetición zodiacal de nuestros rituales logra una mayor economía en las palabras, incluso su ausencia. Las instrucciones se hacen concisas, se usan iniciales, siglas, frases mutiladas. Toda nuestra aspiración —lo sé— es conquistar el silencio, no tener que depender siquiera de los mensajes escritos, intuirnos mediante rastros, usar otros lenguajes, quizás la misma música: ayer sábado, por ejemplo, la tarjeta mostraba unas torpes notas negras. Acepté su proposición y la guardé en un bolsillo del impermeable. Recordé la hora escrita con rotulador bajo aquellas notas: 23.30.

Ella llegó a la hora correcta, con la noche ya establecida fuera. La hice pasar al salón de nuestro piso solitario y cerré todas las puertas. Permití una luz íntima de lámparas indirectas bajo la que pude observarla cuidadosamente.

Parecía una preciosa muñeca antigua. No miento: fue la impresión del instante, el fugaz segundo en que mis ojos y su figura armonizan juntos, una impresión tenue pero tan cierta que se hace algo más que mirar o ser mirada. Vestía una ceñidísima pieza con lentejuelas que estallaba de luz a cada gesto de su cuerpo y traía largas medias negras que revelaban sus piernas hasta cerca del inicio de sus muslos, presionados por el borde diamantino de la falda. Su fino talle se equilibraba sobre altísimos zapatos de tacón con aspecto de cristales. Los largos cabellos de nieve se hallaban ondulados, y su rostro, dentro, evocaba un antiguo cuadro, una de esas caras que se guardan en estuches, se recrean en miniaturas y provocan nostalgia y dolor cuando son contempladas por desconocidos. Fue tanta mi felicidad al verla que tuve que hablar, pero mi confusión sólo logró decir:

—Estás más hermosa que nunca.

Ella no respondió, y su silencio y la dulzura de sus gestos de mimo la embellecieron otra octava. Había comenzado a oírse la música, como un murmullo, y casi sin transición empezamos a bailar.

Naturalmente, yo había elegido el Nocturno en mi bemol mayor, opus 9, con su lánguido aire de vals. Había soñado con oírlo mientras la abrazaba, pero cuando mi sueño se cumplió, como una justísima profecía, su propia realidad simuló otro sueño. Blanca se acercó, recogió los brazos sobre su pecho y se dejó envolver por los míos. Bailamos en el salón sin trasladarnos apenas, sólo con la rotación suave de los cuerpos.

Pero no era un baile: era casi un consuelo. Ella se refugiaba en mí y yo extinguía su miedo, la protegía. Pensé en una talla de cristal, una lámina curva que, golpeada, sonara a música como un diapasón. Tocarla era tener pánico, como si todo aquel conjunto de músculos suaves y piel tersa pudiera agrietarse incluso con los gritos.

Bailamos sin bailar hasta que la música se convirtió en excusa. Percibí bajo mis manos, más allá de la aspereza de granito de las lentejuelas, una carne desnuda prisionera. Modelé la superficie de sus nalgas sobre las que se tensaba el obstáculo de la falda. Besé su hombro desnudo y cruzado casi hasta el daño por el ceñido tirante del vestido. Presioné la rebosante firmeza de sus nalgas, proyectándome involuntariamente contra su vientre y notando en él mi propia firmeza. Pero las ropas que nos cubrían eran como una exquisita sensación de espera, de represión consciente. Ella movió sus caderas, percibió mi tensión y la hizo crecer con todo su cuerpo. Cerré los ojos por primera vez desde que había venido y supe entonces, paradójicamente, que no soñaba.

No sé por qué quise besarla: el beso siempre extingue algo, provoca una interrupción, es más que el tacto de las bocas: delata un sentimiento. Pero hicimos esto: Blanca supo que yo acercaba mis labios a los suyos e interpuso una mano, casi en armonía con lo que ocurría con nuestros sexos. Besé el espacio puro entre sus dedos, el aire perfumado como unos labios sin boca. Al mismo tiempo, sus propios dedos se hundieron en sus labios reales: presioné en aquella barrera y casi noté la humedad que yacía detrás, emborroné sus huellas con mi saliva, deslicé mi lengua contra esos diminutos montes planetarios, esas líneas de vida y de muerte de su palma, humedecí todo su destino escrito en la mano desnuda, que me devolvía el beso con su tacto, como los labios de un espejo. Y fue así, porque entonces apartó su mano, húmeda de mi boca, y acarició con ella mi rostro y mi cuello; ambos cerramos los ojos, y, en la oscuridad voluntaria que surgió, sus dedos mojados, que me palpaban como memorizando mis facciones, se comportaron como un eco lejano de mis besos.

Bailábamos con la sinceridad del deseo.

Afirmé aún más las manos en su delgadísima cintura y caminamos hacia la pared cercana. Ella se dejó pero no quiso ayudarme. Cuando no tuvo ya más espacio para retroceder, separó las piernas y el vestido se alzó con el gesto. Presioné mi sexo oculto contra el suyo, retrocedí y volví a presionar. Oí sus jadeos, abrí los ojos y apenas vi su rostro entre la confusión de cabello blanco. Sus manos, agazapadas sobre mi pecho, me sujetaron, como si se hallara próxima a un terrible abismo. Moví mis caderas y sentí de nuevo el torpe restregar de labios ocultos de nuestros sexos. Ambos nos movíamos con la exacta repetición del placer solitario, y fue comprobar sus caderas, sus piernas separadas, el balanceo contra mi vientre, la transformación sin pausa del baile en aquella masturbación mutua, lo que apresuró mi final. Ahora imagino que habíamos cumplido con el sentido justo del ritual: ¿acaso no estábamos haciendo danza? Esta barrera de manos y vestidos, estas sensaciones bloqueadas de besos que no lo son, de caricias que deben conquistarse, este ardor que se vacía en secreto, bajo pantalones y faldas, ¿no son el objeto del baile? Desnudos en una cama no lo hubiéramos sabido; jamás habríamos imaginado la pasión que puede surgir de la negación perenne del deseo que se afirma: este terrible contraste entre pureza y cuerpos que constituye el baile.

Pero eso es lo que era, una danza, no un sueño, y casi en la frontera en la que ya es imposible detenerse, elevé las manos, la cogí de los brazos desnudos y la aparté de la pared. Giramos entonces, muy juntos, una, dos, tres veces, hasta que el vértigo nos detuvo; comprobar su torpeza, el trastabilleo momentáneo de sus pies y ese impulso de querer apoyarse en mis brazos me hizo dar el último paso: me apreté contra ella, ya en el vacío, y acerqué sus nalgas con fuerza, hasta que el golpe contra mi cuerpo las hizo temblar, y palpé ese temblor de carne con la mano abierta. Ambos nos movimos como si quisiéramos avanzar por entre el cuerpo del otro, como si no nos viéramos y el encuentro fuera inevitable y casi doloroso. Tuve el repentino deseo de sentirla desnuda en ese instante, y mis uñas se cerraron sobre el borde final de su falda, pero se hallaba tan tensa que sólo conseguí daño y gemidos. Aquel deseo insatisfecho precipitó mi placer: me apreté contra ella como un luchador cansado, y me sentí un niño feliz mojando mi ropa interior, percibiendo el tibio flujo deslizarse por mi muslo bajo el traje. Volví a presionar mi sexo contra el suyo y moví todo su cuerpo sobre ellos, como una mano delgada y alta que me acariciara. Gemiste y me oíste gemir, Blanca, y abrimos los ojos a la vez y vimos nuestro placer en el rostro del otro.

Cuánto la quise en aquel instante y qué felicidad descubrir con violencia que la soledad, después de compartir un momento así, ya siempre será imaginaria (descubrirlo y olvidarlo, como un relámpago).

(En la partitura: de repente, senza tempo, grupos de semicorcheas en la octava superior girando alrededor de una misma nota.)

Mientras la música recapitulaba en paz ella se separó de mí, pero fue más un desprendimiento: primero apartó su cuerpo, después se deshizo de mis brazos, por último abandonó mis manos, mi mano, mis dedos, y retrocedió por fin hacia la oscuridad, ya en el vacío. Me dio la espalda y el

Nocturno finalizó sobre la imagen de su silueta delgada. Ella misma apagó el equipo de música, cogió su abrigo y se marchó. Descubrí antes la soledad del sonido de sus zapatos altos, del perenne bajo continuo de la lluvia detrás, en la ventana.

Escribo sobre la época en que Chopin conoció a George Sand, uno de sus períodos vitales más intensos: preparé dos borradores con sucesos biográficos, pero los he desechado. Al final le otorgué supremacía a la pura invención, porque todo lo que se narra sobre él es muy inferior a la ambigua y hermosa respuesta de su música.

Es preferible mentir, por lo tanto. He aquí el resultado:

«¿Qué opinaría el maestro al verla por primera vez? (Se discute cuándo fue.) Ella solía vestir ropas de hombre y fumaba cigarrillos, lo que constituía todo un capricho exótico para las damas de la época. Además, era culta y refinada, escribía libros, y su carácter, desenvuelto y enérgico, contrastaba con el del joven maestro, siempre reservado y melancólico.

Aquel día de finales de 1836 (una furiosa lluvia golpeaba París) Chopin recibía en su casa: entre los invitados, la fastuosa celebridad de Liszt y su amigo y confidente Grzymala, pero particularmente la mujer que protagonizaría sus sueños de enfermo.

Ella vestía chaqueta y pantalones de amazona. Llegó tarde, se hizo esperar por todos. Pero logró entrar en el momento perfecto: con Fryderyk al piano interpretando una de sus composiciones (he soñado con que fuera el Nocturno en mi bemol, opus 9), de tal manera que la música pareció creada para recibirla. ¿Elevó él los ojos de las franjas del teclado y fue consciente de la presencia de aquella figura ambigua? Ella era como un muchacho muy hermoso, de pelo más bien largo, chaqueta añil, botas negras y fusta de montar. Su mirada, entre dura y divertida.

—¿Madame? —interrogaría cualquiera.

—Lamento la demora.

Alguien ordenaría silencio. El piano trazaría los últimos y dulces arabescos.

La imagino contemplando a Fryderyk en ese silencio transformado, la fusta entre sus manos enguantadas, la sonrisa, como la fusta, curva y heridora».

Ritual del espejo

Nocturno en si mayor opus 9 número 3

(En la partitura: allegretto, ritmo sincopado, scherzando, repleto de cromatismos en su repetición.)

La melodía se desliza con la suavidad de la niebla, sensualidad en el ritmo de la mano derecha, imagen que se desvanece y acude, como un sueño de opio: a veces parece perderse sin remedio, en el leggierissimo de las semicorcheas, para después recuperarse casi con ingenuidad y afirmarse otra vez, dulce, provocadora.

Una melodía tan dulce. Y nunca llega a desaparecer del todo, como ocurre con los dos Nocturnos anteriores: la mano derecha aquí debe, por tanto, servir a esta omnipresencia y evitar las interrupciones. La variación de la melodía es como una prolongación de ella misma, el reflejo en un espejo ondulado.

Toco las manos de Elisa mientras ella toca las

teclas, y percibo su tensión. Toco sobre ella sin sonidos y me sorprendo de la recia tirantez de sus tendones. Casi es divertido, y desde luego hermoso, verla tan nerviosa. Su preocupación, al recorrer la distancia de mi edad, llega hasta mí convertida en una broma: ¿qué estalla dentro de ella y por qué ocasiona dentro de mí ese silencio alegre? Y, sin embargo, ambos estamos tensos.

Con algunas personas la relación se vuelve un arco: sólo se aprecia si se fuerza, si se lleva hasta el límite, si se bordea de continuo esa frontera tenue más allá de la cual yace la amenaza de rotura. Con Elisa todo es un arco tenso, y la flecha apunta a ciegas hacia mí, hacia ella, incluso hacia sus manos, como el dedo de una veleta. Precisamente, en la música, ese reflejo de lo que no nos decimos: hoy, el estudio de Czerny sonó como a través de una garganta cerrada, entre resquicios, inflexible pero también perentorio. Era una exclamación (otros días ha sido un ruego, o una propuesta tímida), un brusco imperativo, una exigencia urgente. He cogido sus manos entonces, que se han separado de las teclas con los dedos inmóviles en el vacío, aún tocando notas invisibles, aún preparados para agitarse como arañas blancas. Sonreí ante su sorpresa:

—Relájate un poco. Estás muy tensa —le dije.

Al repetir se equivocó y dejó de tocar: respeté su frustración en silencio. Permaneció inmóvil con la mirada fija en las teclas: miraba el piano como a un amigo que nos traiciona. Observé que lloraba sin hacer un solo gesto: sólo la verticalidad de las lágrimas.

—Nunca me saldrá —dijo—. Nunca.

—Al contrario: ya te ha salido —repliqué—. Pero debes relajarte.

Me detuve más de lo necesario en sus manos firmes y juveniles. Ella observa mis propias manos sobre las suyas, me mira interrogante, sonríe. Su rostro limpio sólo expresa una clase de emoción cada vez: me pregunto cuántas se reflejan juntas en el mío.

—Repítelo, pero más lento —indico.

No la oigo: la observo mientras lo hace, eso es oírla. Sus vaqueros ceñidos, los pies sobre los pedales, el jersey holgado que a pesar de todo revela la repentina impronta de los pechos. Observo su laboriosa concentración, la ausencia de paz en todos sus músculos.

En el buzón, una propuesta prematura: se trata del folleto de una exposición en el Centro de Arte Reina Sofía. Blanca lo ha escogido como escenario de nuestro próximo ritual. Un pequeño trozo de espejo cae al suelo cuando abro el folleto: lo veo romperse con un sonido pueril.

No sé por qué estas anotaciones se han hecho indispensables: quizás porque era necesario. Ahora pasan pocos días sin que escriba mis impresiones junto a las partituras que estudio. Sentía cierto deseo de reflejarme en algo, porque la servidumbre de la música consiste en que siempre te olvida, seas intérprete u oyente, te deja solo, volcado en ella misma, poseído por ella. Así que es preciso expulsar a los demonios.

Lázaro no ha querido venir al gabinete psicológico, como era de esperar, y yo no he deseado insistir: me he limitado a comentárselo y lo he abandonado casi sin aguardar su negativa. Fue ayer tarde, en mitad de mis lecciones particulares a un intrépido aficionado de doce años de edad, cuando percibí el leve disparo de un portazo por encima de las notas de la sonatina de Clementi. Distinguí la silueta de Lázaro a través del esmerilado amarillento de la puerta como inmersa a gran profundidad: sus vaqueros, los zapatos deportivos, el jersey. Me excusé con mi alumno y abrí la puerta llamándole. Se volvió sin voluntad al final del pasillo: cargaba una mochila añil llena de correas y venía jadeante. Simplemente le dije:

—Te he conseguido cita en una consulta de psicólogos.

—Bueno —se encogió de hombros.

—¿Vas a venir?

—No —respondió en el mismo tono susurrante y débil, con la misma tranquilidad.

—Deja de fumar porquerías —le advertí sin mirarle y cerré la puerta.

Y hoy por la tarde, tras las clases, preparado como para una cita imaginaria, he acudido a la bocacalle de Princesa. Estuve esperando hasta el anochecer, repleto de paciencia, divertido con mi propia sorpresa. Cuando la vi salir descubrí estúpidamente que era a ella a quien esperaba. Al pronto no la reconocí, ya que vestía un conjunto negro de traje y pantalón que le otorgaba un aire de seria elegancia, pero su compacta melena rizada me puso en guardia. La miré justo hasta abordarla: su forma de andar, decidida, con pasos amplios, la fuerza femenina de sus gestos, su abandono, la manera de asegurarse el bolso bajo el brazo. Sin embargo, ya junto a ella, al decir «doctora Arcos», bajé los ojos.

—Ah, hola —dijo—, qué tal. ¿Y su hermano?

Le conté la verdad: que no había querido venir y que yo, fiel a sus mismas indicaciones, no había insistido. Estábamos hablando en mitad de la acera, rodeados de tráfico y gente, y el silencio que surgió apenas tuvo oportunidad de resultar incómodo. Ella parecía querer hablar de Lázaro, pero la detuve con una sonrisa:

—Por cierto, antes de que me olvide. Se me ha ocurrido traerle algo.

Hurgué en el bolsillo de mi impermeable y saqué el cassete. Se lo mostré: no traía portada sino una cartulina con notas manuscritas a lápiz. Ella lo contempló con una expresión que me hizo sonreír aún más.

—Son los *Preludios* —dije—. Una grabación pirata de un recital que di en el conservatorio hace un año...

Lo cogió con las dos manos, con toda la ceremonia del que acepta una valiosa ofrenda, y abrió mucho la boca.

—Gracias, gracias de verdad —dijo—. Lo grabaré y se lo devolveré en cuanto pueda...

—Es para usted. Tengo varias copias: muchas más que amigos a los que regalárselas.

Sonreímos y ella volvió a caminar mientras guardaba el cassete en el bolso y me agradecía de nuevo el detalle, pero había en su voz un tono distinto de alerta: supuse que estaría preguntándose qué era lo que yo pretendía en realidad. Procuré tranquilizarla diciéndoselo de inmediato:

—Pensé que quizás aceptaría tomar un café conmigo, si no le parece demasiado tarde...

—No puedo, lo siento —contestó enseguida y con tanta rapidez que me pareció que recibía invitaciones diarias y que esa era su respuesta aprendida. Yo repliqué que no importaba, que lo dejaríamos para otro día, y ella, casi al mismo tiempo, se detuvo, consultó su reloj (engarzado en una muñeca absolutamente fina) y volvió a hablar igual de rápido—: O si no... Bien, bueno, de acuerdo. ¿Dónde?

La cafetería estaba cerca y poseía la oscuridad secreta de una iglesia: ocupamos una mesa roja y opaca como unos labios pintados, cerca de la barra. La luz caía sobre ella como sobre un velador de tahúres. Verónica Arcos se despojó de la chaqueta y descubrió un jersey de cuello de tortuga fruncido de color crema, tenso en el torso por la proyección de los pechos. Su cintura mostraba un angostamiento que debía de ser casi molesto: un fuerte cinturón de enorme hebilla dorada la ceñía como un corsé en violento contraste con la amplitud de las caderas. Juntó las manos sobre la mesa, manos grandes pero hermosas, de uñas bien cortadas y sin pintar, y empezó una conversación profesional y veloz que parecía improvisada para conjurar cualquier instante incómodo. Habló de Lázaro: dijo que comprendía su rechazo perfectamente, que eso evidenciaba el miedo que tenía a pertenecer al mundo adulto que le rodeaba; dijo que los jóvenes como él necesitan protección frente a una sociedad que les abandona o les invita a destruir sus vidas. Yo la tentaba con murmullos de asentimiento para conseguir que su conversación fuera inagotable. Mientras tanto la observaba: sus dedos largos y fuertes torturaban la bolsita de azúcar del café, que permanecía intacta. En ocasiones se llevaba la mano derecha al pelo y lo desplazaba hacia atrás con un gesto innecesario, ya que en ningún momento sus rizos llegaban a molestarla. Me pregunté muchas cosas mientras la contemplaba, y quise responderme que no estaba casada, que quizás era divorciada, o quizás naufragaba entre los restos de un lío sentimental: el deseo de saber si vivía sola me recomía por dentro. Sin querer, comencé también a gesticular, como si tradujera sus palabras a un grupo de sordomudos: me arreglé con indiferencia el pelo, que casi siempre llevo revuelto y largo, deslicé la yema del índice por mi bigote secular, me removí en el asiento cuando ella lo hizo y sentí un sudor frío en la espalda, una absurda inquietud interior, al percatarme de que no la estaba escuchando, como si mis oídos fueran de algodón. Sin embargo, en un momento determinado capté realmente sus palabras: creo que hablaba de la sociedad cuando lo dijo, y fue esto:

—Nos dedicamos a perseguir a ciegas el placer.

No puedo explicar por qué, pero me vi en la fisiológica necesidad de replicar algo. Me encogí de hombros y abandoné por un instante aquel laberinto de gestos para decirle:

—Bueno... Perseguir a ciegas el placer no es perjudicial.

Se detuvo en el instante de beber un sorbo de café, con los ojos por encima de la curvatura blanca de la taza: aquellos ojos aislados de su rostro me recordaron los de un ciervo sorprendido.

—Estoy de acuerdo —asintió—. No digo lo contrario, pero...

—Chopin, por ejemplo, perseguía a ciegas el placer con su propia música —continué sin mirarla—. Y es que no hay otra manera de obtener el placer absoluto: únicamente a ciegas...

—¿Por qué? —preguntó con curiosidad.

—No somos capaces de contemplarlo —dije.

Sonrió. Parecía interesada y confundida a un tiempo por mi repentina intromisión. Sin embargo, en el fondo de aquellas expresiones percibí una conformidad oculta.

—¿No somos capaces de contemplarlo? —repitió con exactitud, divertida.

Rehuí la explicación, pero quise continuar:

—Los amantes de la música, como usted y yo, formamos una hermandad selecta: nos gusta experimentar el placer, pero no cualquier tipo de placer.

—Caramba —se removió en su asiento y mostró toda su sonrisa: es de esos rostros afortunados que se embellecen al sonreír—. ¿Y por qué? ¿Qué tiene que ver la música?

—Mucho: nos convierte en seres muy sensibles.

Se mordía otra vez el pulgar: pensé que lo hacía por puro deseo de ser joven.

—Esa es una opinión de artista —dijo.

—Sí, de artista.

Hubo un silencio, pero no fue incómodo. No puedo decir lo que ella pensó durante ese silencio, aunque quizás fue sincera y ella misma me lo dijo después; sin embargo, yo tuve un curioso pensamiento contemplando su rostro divertido de mujer madura: observé las débiles líneas que se extendían a ambos lados de sus labios, la multitud de pequeñas crispaciones que adornaban el alrededor de sus ojos, las rayas a lápiz, casi invisibles, que marcaban su frente; observé toda su edad en aquel rostro treintañero y pensé que era hermosa precisamente por eso: llevaba escrita su madurez en las facciones como el destino o la muerte en las palmas de las manos. Y me gustó descifrar aquella hermosura labrada de sus años.

—Es usted un personaje especial... Héctor —sonrió, inclinándose hacia mí—. Héctor, ¿verdad?
—Sí: Héctor Hernando.
—Héctor Hernando —repitió—. Algún día veremos su nombre en las carteleras del Auditorio.
—Por favor, qué va.
—Pero no tiene manos de pianista.

Tiene razón: mis manos son cortas, breves, corpulentas como todo mi cuerpo. Cuando ella me lo hizo notar, las contemplé con cierto rubor.

—Es verdad —dije—, pero mis dedos son muy sensibles. Eso es lo que importa. Chopin también tuvo problemas con las manos: se colocaba tacos de madera entre los dedos para alcanzar las octavas...

La conversación, agotada, terminó en ese instante; nos levantamos y tuve de nuevo la visión fugaz de su cuerpo mientras volvía a ponerse la chaqueta: es alta y fuerte, esbelta, la cintura apretada hasta más allá de la anatomía, con el cinturón de hebilla dorada casi cercenándola, y sus anchas y poderosas caderas. Dejé algunas monedas en la mesa y salimos. No recuerdo la despedida, quizás porque no existió: sólo la fórmula tradicional del adiós, pero trivial, con la seguridad de los que saben que volverán a verse.

(En la partitura: el tema vuelve a repetirse en variaciones rápidas de semicorcheas y fusas; de improviso, un grupo de fusas ligadas, con forza.)

La exposición en el Centro Reina Sofía ocupaba toda una planta. Era de un solo autor, desconocido para mí, pero me gustó: utilizaba motivos infantiles y los deformaba sutilmente. Muñecas, ruedas de triciclos, soldados de plomo con el uniforme descolorido, todo formando curiosos *collages* con trozos de espejo y mecanismos inservibles. Las muñecas en especial me parecieron inquietantes: pequeñas, barrigudas, calvas, de ojos extirpados, a veces desnudas y mutiladas o con las piernas regordetas atornilladas en posiciones imposibles, pero también presas en la inmovilidad polvorienta de un vestido antiguo, los cuellos ahorcados en rancios encajes, corpiños o faldas con pequeñas manchas amarillas. Se amontonaban en vitrinas cúbicas, por entre pasillos y salas numeradas con aires de hospital lujoso.

Era sábado por la mañana, a la hora de apertura, y no había demasiado público, por lo que la divisé de inmediato en cuanto llegué: al fondo de la galería, de pie, con el vestido del ritual.

De cintura para arriba, en el ritual del espejo, somos iguales: ambos llevamos chaqueta azul marino, camisa blanca y corbata negra. Ella, además, gafas de sol, y su largo cabello blanco suelto sobre los hombros. A partir de la cintura, la diferencia: en ella, una breve minifalda de escolar, negra y fruncida, despuntando por debajo de la chaqueta, que dejaba sus piernas completamente desnudas.

En esa tela plegada y escasa se hundían ambos muslos, firmes, del color de la piel de un niño. Los músculos de sus pantorrillas resaltaban, porque andaba de puntillas sobre difíciles zapatos de tacón.

Blanca también me vio. Imitándola, me coloqué como ella, de cara a la pared, las manos entrelazadas, divertido por la armonía de nuestra imagen. De inmediato dio comienzo el ritual.

No sé por qué, pero nos copiamos sin rencilla, con una fluidez casi melódica, siguiendo un orden improvisado de gestos, obedeciendo al otro en cualquier extremo hasta que la obediencia se hace adivinación o milagro. El motivo es imaginar un enorme espejo entre ambos: los efectos últimos de esta fantasía son sorprendentes.

Allí, de pie, comencé llevándome la mano a la cabeza: ella repite el gesto casi al mismo tiempo; me aliso el pelo y ella hace lo propio con el suyo. Regresamos al reposo y continuamos mirándonos: el público cruza nuestro espejo indiferente. Me ajusto el nudo de la corbata; ella me copia con su corbata; mantengo los dedos en la estrechez de la seda y juego a descender por ella hasta los primeros botones de la chaqueta: ella también llega, junto a mí, y toca el botón más alto en el instante en que yo lo hago.

La sala de la exposición es casi circular e invita a girar con lentitud. Eso es lo que hacemos. Comienza ella, alrededor de unas vitrinas donde las muñecas se reúnen formando corros. Me persigue con suprema paciencia y yo huyo de igual manera, en sentido inverso a las agujas del reloj, sin abandonar la visión de su figura adolescente. Sus piernas desnudas agitan la falda al moverse, los altos zapatos imprimen un contoneo leve a las caderas; las piernas sobresalen únicas de su traje de escolar, y pienso en su íntima desnudez bajo la falda y me estremezco; los muslos se tensan al avanzar casi con pereza; los altísimos tacones golpean el suelo con un ruido que no me alcanza. Me detengo entonces. Ella se detiene más allá de las vitrinas, pero seguimos viéndonos. Deslizo mi mano por el pecho y sigo la línea de los botones de la chaqueta. Descendemos ambos, sincrónicamente, y siento la llegada de mis dedos antes de que se produzca: al mismo tiempo distingo los suyos sobre la falda, jugando alrededor de la zona que nos impulsa a continuar, rodeándola con levedad, en un gesto repetido que termina por llamar la atención. Aparto la mano, y ella, adivinando, la aparta simultáneamente. Por un instante ha habido cierta reencarnación en el ritual: de repente he cerrado los ojos y me he sentido con los muslos desnudos, al descubierto —la piel delicada y libre palpando el aire de la sala, los roces infinitos de objetos y seres—, protegidos apenas por la nimia barrera de la falda; los pies elevados, los empeines introducidos en angostos zapatos de tacón.

Por un instante estuve desnuda y maquillada.

Y por un instante, en ella, imagino verme las piernas cubiertas por pantalones cómodos, el tórax amplio, los hombros anchos, el sexo petrificado bajo la ropa interior.

Caminamos hacia el bar manteniendo la distancia por entre un pasillo de reflejos deslumbrantes. Ocupamos mesas diferentes, pero enfrentadas, y pedimos lo mismo: copas de cerveza. Sonrío hacia mi reflejo, el mentón apoyado en la mano, y ella, allí, en ese otro extremo inaccesible, me sonríe con dulzura. Muevo los labios en un «te amo» silencioso que ella imita. Sirven nuestras copas casi a la vez camareros colaboradores y alzamos ambas en un mismo brindis.

Coloco la mano en mi rodilla y, sin haberlo pretendido, consigo que ella haga lo mismo: de repente percibo que, tocándome, lograré tocarla desde la distancia, y esa impunidad, esa obediencia inmediata del reflejo me trastorna; si yo me desnudara, pienso, frente a ella, o si cometiera alguna obscenidad con mi propio cuerpo o con el de otro, o si me dañara, ella tendría que hacerlo. Pensándolo, froto el muslo izquierdo con mi mano abierta hasta desbaratar la simetría del pantalón: ella, allá lejos, acompaña mi gesto con un eco exacto, pero sobre su piel desnuda. Tomo mi carne bajo la tela, la obligo a tomar la suya. Rebusco en mí, en el interior de los muslos, con un gesto femenino que sólo el decoro me impide hacer más ostentoso, y ella, fiel, desdeña las miradas y me remeda casi superándome. Rozo mi sexo con el pulgar y fantaseo con ese roce en su propio sexo: la coincidencia de removernos ambos en el asiento otorga fuerza a la ilusión. Cruzamos las piernas. Las descruzamos en un gesto casi consecutivo. Yo las separo y ella me acompaña: sonrío al comprobar que mostrará su propia desnudez, pero me detengo. Ella, sonriente, se detiene. Vuelvo a cerrar las piernas y cierro las suyas con el gesto. Abandonamos juntos el bar.

Estamos preparados para traspasar por fin esa barrera imaginaria que hemos ido creando, el falso azogue que nos separa.

Escogemos uno de los ascensores exteriores: por los curvos cristales entra al principio casi todo Madrid desde la altura y el aire azul de una mañana bonita y otoñal, y por fin las casas grises y las aceras pobladas. Bajamos, frente a frente, al principio en solitario, ambos recostados en paredes opuestas, y empezamos a acariciarnos: en ella el movimiento recoge la faldita negra hasta casi las caderas. Observo sus muslos juntos y trato de imaginarme su placer —que es el mío— humedeciéndola, su mano deslizándose como haría la mía en ella, entre la ternura del interior de sus piernas, las rodillas muy juntas. Allí, en sus gafas de sol, distingo guardada una convexa miniatura de mi cuerpo reflejado.

El ascensor se detiene a media altura y entra gente. Un hombre se coloca entre nosotros, calvo y delgado como un fiel de balanza, y arruga el pequeño rostro al contemplar los tanteos de Blanca.

Seguimos descendiendo entre cristales trasparentes como figuras de escaparate; el ascensor es una noria sin vértigo que nos posa lentamente en la ciudad. Inmóviles, el uno frente al otro, continuamos mirándonos; pero la gente enturbia el reflejo. Por un instante imagino nuestro doble orgasmo: gemir con un solo gemido, quizás abrir una sola boca. Eso también es amor. Lo murmuré de nuevo —te amo— y te vi susurrarlo a lo lejos. Pensé: «Cuánto te amo. Somos los únicos habitantes de un mundo repleto de belleza, y por un instante sale el sol sobre nuestra tierra y nos contemplamos en absoluta soledad».

Salimos del Centro de Arte y caminamos distanciados hacia la calle; pero nuestra distancia es mera ficción, porque las miradas, que no se separan, nos acercan más que los abrazos de otros. Las aceras del Paseo del Prado nos permitieron alejarnos paralelamente: las palomas jugaron con nosotros y se apartaron a la vez de nuestros pies. Blanca cruzó entonces la avenida y continuó caminando más allá, lejana, aunque hasta el último momento pude observar que su cuerpo imitaba al mío. Soñé después, al perderla, con que el reflejo continuase, como la sombra que se ausenta con la luz pero sigue bajo los pies, dócil, sumisa, silenciosa. Mi sombra blanca.

(En la partitura: cambio de tema, agitato, rápidos arpegios de la mano izquierda, tumultuosos.)

A veces una pesadilla no me enfada si hay algo en ella que pueda resultar hermoso: pero esta noche todo ha sido oscuro y he despertado lleno de sudor y casi borracho de sueño malo. Sin saber qué hacer, recordé el ritual de ayer sábado, me excité sin remedio ante la evidencia de las imágenes y regresé al piano en medio de la tiniebla.

Ahí guardo mis notas de Valldemosa; cogí la pluma y las completé:

«En 1838, Chopin viaja a Mallorca con Aurore Dudevant, de soltera Dupin, cuyo seudónimo literario era George Sand, y se hospeda por unos meses en el monasterio de Valldemosa, donde termina de componer los Preludios.

Imagínalo tocando en la oscuridad del convento. Imagina, por ejemplo, que interpreta la misteriosa melodía del Nocturno en si mayor, opus 9.

Puedes pensar que la ventana, la única ventana de su celda, se halla abierta, y que por ella penetra el resplandor platino de la luna. Pero también puedes imaginar unos barrotes, rotos a intervalos irregulares de tal forma que la luz lunar, al pasar por entre ellos, fabrica sombras que son como párrafos interrumpidos o columnas de versos incompletos.

Y ahora imagínala a ella, a George Sand, paseando desnuda mientras le escucha tocar: sobre su cuerpo, iluminado por la luna, se trazan las rayas dispares de las sombras.

Su cuerpo desnudo y cubierto de azul plata, franjeado de líneas negras.
Imagínala así, como un tigre nocturno.
Imagínala paseando desnuda mientras Fryderyk termina de ejecutar el Opus 9, número 3. Piensa en esas líneas de tigre prestadas por la luna y las sombras».

La visión me hizo componer algo misterioso. Pero después, recordándolo sin los resabios del sueño, ha dejado de gustarme.

Ritual del castigo

Nocturno en fa mayor opus 15 número 1

(En la partitura: andante cantabile, comienzo semplice e tranquillo, ritmo de tresillos en la mano izquierda.)

He tocado hasta permitir que el recuerdo me invada, pero ha sido tan a traición que apenas lo supe hasta que se hizo concreto dentro de mí, casi visible. Me sumergí en el primer Nocturno, opus 15, hasta regresar a mi infancia, pero en silencio. No puedo decir nada de mi infancia —¿y quién puede?—: la felicidad no estaba inventada; las lágrimas eran gotas vacías; había dolor, y juego, y soledad.

Transcurrieron muchos años antes de Lázaro, que fue el resultado no del todo deseado de un segundo matrimonio de mi padre. Para mí, muchos años de ideas, de deseos, de ansias que aguardaban su momento.

Una tarde escuché un piano: eso decidió mi profesión. Su sonido me invade ahora: era un piano tan antiguo que sus teclas poseían voz doble, la nota musical y el quejido de la madera. Sonido de madera, madera dulce, olor a música vieja por toda la habitación, melodía de madera que se alzaba como una fragancia. Oigo ese piano en mi recuerdo: al mismo tiempo melodía y golpes, pasos de gato sobre el teclado, crujidos bajo la trama musical.

Elisa llegó puntual, como siempre, pero casi podría decirse que se materializó entre las sombras. Incluso su forma de tocar el timbre fue discreta. Me acerqué a la puerta en zapatillas, abrí y vi oscuridad: ella estaba envuelta por esa tiniebla, sus gafas lanzando breves destellos. Le dejé paso, nos saludamos, observé su vestido y quedé atónito: una larga camiseta hasta la mitad de los muslos, rebeca ultramar, calcetines y zapatos de deporte. Aplastaba las partituras bajo el brazo y parecía deseosa por empezar: se despojó de la rebeca, se sentó frente al piano y comenzó el estudio de Czerny con grandiosa tranquilidad.

La observé: queda desprotegida cuando toca. Sus manos no pueden envolver los pequeños pechos, las piernas se mueven ante la mirada, se descubren los muslos mientras pisa los pedales. Queda tan abandonada que se vuelve peligrosa.

Sus padres saben mucho de este peligro: antes de recibirla como alumna yo mismo sufrí un examen. La madre es culta, una mujer de mundo, ha vivido en Francia, o es medio francesa, o tiene parientes franceses, aunque su acento es muy español; esconde el verdadero color de su pelo hasta un punto que parece que ni ella misma lo recuerda, pero la última vez que la vi lo llevaba dorado mate; sin embargo, la hija ha salido a ella en la serena belleza del rostro. El padre es un negociante suspicaz: vino tan sólo la primera vez y dejó que su esposa se mostrara encantadora y refinada mientras él se dedicaba, con sus ranurados ojos engastados en dos bolsas de grasa, a espiarme y espiar mi alrededor: los diplomas y cursos enmarcados, la calidad del piano en el salón, mi forma de hablar o gesticular; valoraba el estuche donde pensaban depositar su querida joya. Sin embargo, en ningún momento hubo tensiones: llegamos a un breve acuerdo y en la siguiente visita el padre fue sustituido por la propia Elisa. Pero esto ya es sólo una anécdota sin importancia: la rutina regresó con lentitud, e incluso ella, a sus trece años —ahora tiene catorce—, se convirtió en una alumna más. No me equivoco: ella era una alumna más, pero no se resigna. O quizás su excepción anida en mí, o en algún espacio invisible entre ambos. Es posible, muy posible, que ella desconozca que no es sólo una de tantas alumnas. Yo tampoco me considero culpable a ciencia cierta: fue una revelación, creo que mutua.

He sabido algo: los seres existimos sobre otras cosas, nada está aislado, levitando sin peso en un vacío. Forzando un poco más la idea: es posible afirmar que nuestra existencia es una multiplicidad, una galería de cuadros donde nos mostramos sobre un fondo distinto cada vez, o junto a otros seres u objetos diferentes. Ejemplo de esto: Elisa frente al piano, ¿no es también una forma de poseerla? Sus padres nunca la tendrán así, no serán jamás propietarios de estas tardes de clase, de la pintura de ella misma en el salón de casa, junto a mí, ensayando músicas sencillas con sus manos nerviosas, ligeramente inclinada hacia las teclas, ceñida por la suave camiseta que la desnuda a traición. Y esta posesión, este instante, es un recuerdo robado, pero no me siento culpable porque no lo he escogido: surgió así, fue un regalo involuntario. Y mientras la escucho, camino alrededor de todo lo que es ella y deslizo el dedo índice por los bordes curvos del piano, llego al extremo opuesto, en el vértice de las cuerdas, la observo hundida hacia el atril, reflejada a la inversa por la tapa levantada, y continúo repasando sus formas en la silueta del piano.

Cierro los ojos: es casi tocarla a ella.

No hay maldad en esto, porque, como ya he dicho, ninguno de los dos es culpable de sus sensaciones.

Regreso por el otro lado hacia ella y mi dedo se desliza por los últimos bordes del piano, cerca de las teclas. Podría seguir palpando la forma completa, el marfil del teclado, sus propios dedos tensos, el vello invisible de su brazo, la redondez delicada del hombro: quizás todo sonaría igual; pero me detengo, alzo la mano, la muevo en el aire marcando los compases que ella misma construye, continúo avanzando y me coloco a su espalda. Hoy observé su camiseta por detrás: llevaba el dibujo de una O color marrón, o quizás un cero de bordes generosos, o un rectángulo con las esquinas suavizadas. El símbolo ocupaba toda su espalda, se movía con ella, ondulaba con sus gestos. Ella se inclinaba concentrada hacia la partitura abierta y la camiseta dibujaba las improntas de sus vértebras. Los ojos se me iban certeros hacia el centro de esa diana abierta sobre ella.

Termina. Permanece un instante más mirando el teclado. Entonces coloca las manos en las rodillas y me contempla feliz, risueña, relajada. Se aparta los rizos negros de la cara.

(En la partitura: la repetición se inicia con una ligera variante, tresillos de semicorcheas en dolcissimo.)

Eleva los pies y se apoya con las puntas en una postura incómoda, sin duda debido a que aún es niña y prefiere la incomodidad.

—Muy bien —le dije—. Has mejorado mucho, Elisa.

No me respondió: su sonrisa se hizo más fina y se ajustó las gafas sobre el puente de la nariz con un gesto tan bonito que me pareció ensayado.

—Sería ideal que pudieras hacerlo a partir de

ahora sin partitura —sugerí—. ¿Crees que lo lograrías?

Se encogió de hombros, resaltaron sus clavículas un instante, la camiseta tembló. Me daba miedo que su cuerpo me hablase más que ella, así que insistí en silencio en la respuesta.

—Ya lo he tocado tantas veces que a lo mejor... —dijo y se calló.

Sin embargo, no quise que hablara más, porque cuando habla se convierte en niña y me acusa. Cuando habla se aleja de mis deseos, aun sin voluntad, y yo me vuelvo su perseguidor. No: es preferible el silencio o la música; envuelta en silencio, ella comparte mi pecado.

—Hagamos algo —me apresuré a indicarle—: lo vas a repetir sin ver la partitura. Pero no, no, no la cierres... La tendrás delante, aunque no la verás. Quiero decir... —me aturdí un instante mientras recibía toda su mirada grande—. La música es tacto, Elisa. La música son las manos. Tocar: eso es lo que produce un sonido. La música es un mundo de ciegos —el único mundo que existe, pero esto no se lo dije—. Así que vamos a imitarlo: te quitarás las gafas y probarás a repetir el ejercicio muy concentrada, ¿te parece?

Asintió en todo lo que le dije. Ocurrió algo: se llevó las manos a las gafas tras un instante de indecisión, justo cuando yo también lo hacía para pedírselas, y nos encontramos sin querer en su rostro pequeño y hermoso. Durante un torpe segundo rocé sus dedos y nos burlamos de la casualidad; entonces ella me entregó sus lentes con extraña confianza y volvió a sonreír. Creo que sabía, con esa seguridad absoluta que sólo otorga el espejo que todo adolescente lleva siempre frente a sí mismo, que estaba más hermosa así, con la cara desnuda; oírla hablar de nuevo fue aterrador.

—No veo ni las teclas. Qué gracia.

—Cuando comiences a tocar, tus dedos buscarán el sitio correcto sin que te des cuenta.

—Me equivocaré —parpadeó y entrecerró los ojos.

—Sí, te equivocarás —me permití por un instante el lujo de la sinceridad—: pero será una equivocación muy bonita.

Elisa se echó a reír con una risa distinta, como si el mundo borroso que veía a su alrededor la hubiese madurado de repente. Entonces comenzó de nuevo el ejercicio, se perdió entre las teclas, se detuvo, yo la animé con gestos y palabras a que continuara.

No fuimos culpables. Hay algo que no es ella, que no soy yo, que está presente entre ambos: una forma, unos seres sobre esa forma, un silencio en el que suena la música.

Sostuve entre los dedos sus pequeñas gafas mientras lo pensaba: la había despojado de la mirada. Su mirada ya no estaba, sólo sus ojos. La música se deshizo en mis oídos y se transformó en sonidos puros: también la había desnudado de música. Pensé de repente que cada vez la cercaba más; mi objetivo era ese, detener su imagen, aislarla de todo, impedírselo todo: cualquier rasgo de lo que pudiera ser fuera de aquí, el más pequeño recuerdo de su propia persona; se me ocurrió pensar que deseaba oponerme al célebre mito: ella era de carne, pero yo buscaba hacerla estatua. Así, sólo así, podría poseerla sin ingratitud.

Estuve observándola: ahora se inclinaba aún más sobre las teclas y la línea áspera de sus vértebras se hacía más firme; contemplé los rebordes del broche del sostén bajo la camiseta, la horizontal tajante de las bragas ocultas; entre ambos, ese vacío dibujado en gruesos trazos, esa O, ese cero, ese infinito. Mi valentía no tuvo límite entonces y permanecí así, inclinado tras ella, contemplándola inagotable.

Cuando acabó, con muchas interrupciones, la tranquilicé en abundancia: le dije que lo había hecho muy bien, que había tocado por fin, en el pleno sentido de la palabra, y que quería que esta forma natural y espontánea de hacer música se repitiera en días sucesivos. Por último, le pedí que viniera cómoda a las clases, justo como hoy: aquella camiseta era ideal, así como los zapatos deportivos, pero particularmente aquella camiseta larga hasta los muslos. Ella estuvo de acuerdo en todo: intuí en su mirada una especie de significado oculto, de clave, de acuerdo tácito. Nos tendimos la mano en secreto a través de los ojos.

Pero odio esta larga semana que parece retenerme, donde los días no transcurren, sólo finalizan y nada sucede: así que lo ocurrido ayer se hacía imprescindible, a pesar de todo. Y es que comenzar las clases temprano, terminarlas, regresar a casa, trabajar de lleno en los *Nocturnos*, de repente levantarme con las manos sobre la cara, frotarme los ojos como si soñara, medir el salón con mis pasos, la garganta rota por una nostalgia incesante y desconocida, los ojos como llenos de ácido: todo eso se transforma también en otro ritual.

Contemplo uno de los cuadros del salón mientras escribo: un niño sentado sobre una silla que viste traje de primera comunión; un pequeño marinero sobre fondo azul. Lo miro con interés: me recuerda el encuentro que tendremos el sábado.

Reconozco que Blanca y yo no podemos prodigarnos, únicamente los sábados, sólo entonces. Sin embargo, una vez conocido el ritual, la espera se hace difícil. Vivimos a ciegas, aguardando ese momento. Hemos construido un mundo hermoso pero insoslayable como el amanecer diario: el hecho de ansiarlo con tanta intensidad no lo hace más fácil, tan sólo más deseado. Pero la espera es demasiado larga.

Para compensar, hace días que dudé frente al teléfono entre dos opciones y me decidí por la más sencilla: la otra consistía en continuar con la aspereza de la soledad y de los sueños. Sin embargo, incluso mientras dudaba mis dedos comenzaban a marcar el número escrito en mi agenda.

Una voz elegante, mecánica al principio y femenina en el extremo final, me informa de que aquello es el gabinete tal de la calle cual, y me pide que deje un mensaje. No la obedecí y colgué.

Una hora después volví a llamar: esta vez contestó la secretaria. Hubo una breve pausa y oí su voz por fin.

—No sé si la estoy molestando —me identifiqué.

—En absoluto —dijo ella.

Oyéndola invoqué de golpe la imagen de su cintura estrangulada, casi hasta el límite de la respiración según me parecía, por un amplio cinturón de hebilla dorada.

—Pensé que podríamos vernos esta semana —se lo dije así—. Hablaríamos de Lázaro.

—Esta semana va a ser difícil: tengo todas las tardes ocupadas.

—¿Y las noches? —repliqué.

—¿Cómo dice?

—Podríamos cenar algo por ahí una de estas noches... Hablaríamos de Lázaro, pero también de música.

La oí reír: una risa breve, como una exclamación, una palabra en otro lenguaje. En todo caso, algo que no me importó. Acaricié mis ojos mientras esperaba una respuesta. Voy a confesar el secreto: creo que fue esa indiferencia lo que me otorgó el éxito. De repente descubrí que todo en el mundo es muy fácil cuando no nos importa demasiado: el interés que ponemos en hacer las cosas es la mayor dificultad para hacerlas, Héctor Hernando *dixit*.

—Bien —dijo secamente, como para sí misma, al cabo de unos segundos.

Volvimos a llamarnos algo más tarde: le expliqué que conocía una cervecería cercana a su consulta e insistí en que allí se cenaba muy bien, lo que provocó de nuevo su risa. Sin embargo, aceptó. No me sorprendí sino hasta mucho más tarde, cuando la sorpresa había perdido ya la novedad y sólo quedaba de ella su carácter extraño, casi sospechoso. Pero creo que Verónica me ofreció una explicación satisfactoria de su docilidad.

Quedamos ayer jueves, y fui puntual: ella terminaba la consulta a las ocho, y la esperé fuera, como la vez anterior. Salió a la hora acordada pero inició el camino de siempre sin detenerse a buscarme. Supuse que se había olvidado de la cita. Sin embargo, vestía uniforme de cena íntima, verdaderamente sexy: una pieza color turquesa muy ceñida, chaqueta larga con botones dorados y zapatos turquesa a juego de tacón alto. No llevaba medias y el vestido, tan escaso, desnudaba pasmosamente sus piernas. Me intrigó su aspecto, casi me asustó, así que por un momento me limité a seguirla sin interferir con su ignorancia aparente. De improviso ella se detuvo y yo me adelanté: me gusta pensar que ambas cosas sucedieron simultáneamente.

—Hola, estaba buscándole —mintió.

La verdad es que casi me gustó que mintiera.

Además, percibí otro detalle que también me agradó: por estúpido que pueda parecer me daba cuenta repentinamente de que no era hermosa. Su cuerpo excitaba, es cierto, pero la exageración de su figura y de sus rasgos lo presidía todo. Me tranquilizó hallarla tan carnal: pensé que ella era una mujer y yo un hombre, y que nadie soñaría con nuestros ojos, ni con la silueta de nuestros labios; nadie podría convertir nuestro encuentro en poesía ni lo complicaría con falsos recuerdos. No: jamás haríamos historia, y eso me devolvió el interés por proseguir. Tan diferente de Blanca y de todo lo que significaba que me felicité por la adecuada decisión: de vez en cuando es bueno tomar tierra.

En la cervecería, plagada de oscuridad como la cafetería de nuestro primer encuentro, Verónica repitió el número de despojarse de la chaqueta con un gesto breve y veloz; se sentó y cruzó las piernas, y yo no hice nada por disimular la mirada fija en sus muslos desnudos por completo. Otras miradas a nuestro alrededor también la asediaban.

—Eres un tío curioso —me dijo, tuteándome de improviso—: a primera vista pareces romántico y tímido, pero después resulta que no.

—¿Y cómo soy?

La infatigable uña del pulgar entre sus dientes. Sus ojos eran dos sonrisas.

—Aún no te he clasificado. Ya veremos.

Pedimos dos jarras de Guinness porque insistí en que la comida que servían allí era mucho mejor con cerveza negra. Pero aún era temprano para comer, así que las bebimos y pedimos dos más: ella introdujo los dedos entre su pelo rizado, mucho menos negro que la cerveza, y apoyó los codos en la mesa; sus labios se extendieron más, en una sonrisa constante. Hablamos de Lázaro, por supuesto, pero no le oculté que mi principal deseo era estar con ella. Hablé poco, y sin embargo todo lo que dije fue verdad, aun cuando ella esgrimió el inevitable tema de la soledad y lo dirigió hacia mí de refilón, haciendo hincapié en mi vida de soltero cuarentón junto a un hermano de dieciocho años recién estrenados. Fue entonces cuando se atrevió a dar un paso más:

—¿Y tú? ¿Estás solo?

—¿Solo? —la había entendido, pero las preguntas directas me vuelven precavido.

—¿Sales ahora con alguien? —tradujo.

—Sí.

Hubo una interrupción durante la que ambos bebimos cerveza. Ella dejó en el aire una curiosidad sin expresar y me obligó a responder sin preguntas.

—Pero no es nada serio. No mantenemos ninguna relación especial.

—No tienes que disculparte.

Sonreí: la charla estaba adoptando esa seriedad artificial de las conversaciones que nunca se recuerdan. Creo que Verónica advirtió algo trágico en mí y quiso emularme instantáneamente mostrándome su propia tragedia. La niebla negra del alcohol lo exageró todo, le otorgó a cada tema la emoción tonta que provocan las cebollas peladas: nos hubiera venido muy bien llorar a ambos, según creo, pero ni siquiera teníamos una buena excusa. Algo sí descubrí: íbamos a la deriva de muchas cosas, yo rehuyendo las experiencias y ella aceptando demasiadas.

—Creo que somos niños frustrados —dijo—. Todos lo somos.

Parecía tener la necesidad perentoria de jugar con algo mientras hablaba, y a mí me hipnotizaban como péndulos sus dedos largos de uñas recortadas: esta vez fue su encendedor de metal, uno tan bello que casi parecía ridículo cuando despuntaba la llamita triangular bajo la tapa, con el que ejecutó variados ejercicios durante la velada. Poco a poco, con el avance lento de la noche, el humo comenzó a ganarle terreno a las palabras dentro de sus labios: apartó para siempre los ojos de mí, y fue entonces cuando estuve seguro de su deseo de mirarme; tenía la vista brillante, acuosa, perdida por encima de mi cabeza: aprecié por primera vez una palidez verde en sus pupilas; también observé, en otro sentido, los diminutos adornos de lunares por todo el recorrido de sus brazos desnudos y fuertes: su cuerpo era una de esas anatomías reales, físicas, que casi se tocan con sólo contemplarlas; las sombras de sus brazos se curvaban sobre la infatigable redondez de los pechos.

Me habló con admirable brevedad de un divorcio ya remoto, y de su experiencia fatigosa en los terrenos de la relación. Ahora estaba en duda sobre si continuar con el hombre con quien salía, pero no me ofreció detalles. Creo que mi silencio le atrajo más que cualquier otra cosa, o quizás no soportaba que no replicase largamente a sus palabras: posiblemente todo en ella eran preguntas ocultas. Así que me dijo:

—No eres lo que pareces ser.
—¿Y tú? ¿Cómo eres?
—Yo tampoco —replicó.

Nos echamos a reír. Habíamos bebido ya tres cervezas: ella prefirió cambiar a una L'Ermitage cuando nos sirvieron las salchichas de Frankfurt. Otro comentario suyo sobre las salchichas me hizo descubrir que tenía unas ganas inmensas de reírme: reímos ambos durante cierto tiempo hasta sentirnos bien, o hasta sentirnos estúpidos, aunque puede que no haya diferencia.

Apenas comimos, sin embargo, pero tampoco continuamos hablando al mismo ritmo; más que un nuevo silencio surgió una especie de vacío donde parecía que ya no había nada que añadir: pensé que habíamos recorrido las intimidades de ambos de puntillas, y ya estábamos en el otro extremo pero nuestro mutuo conocimiento seguía siendo el mismo. Y el vacío, por una extraña reacción de vasos comunicantes, me impulsa a verterme y hablar:

—Antes, cuando mencionaste el amor, quise decirte algo: el amor no existe.

—¿Ah, no? —me desafió sonriente a que añadiera otra agudeza.

—No: existen las preocupaciones.

—Sí, eso sí —asintió, como desarmada de repente—. Muchas preocupaciones.

Expulsó el humo y sacudió el cigarrillo sobre el cenicero de cristal: observé la inmensa parábola del escote, la división de sus pechos juntos como repletas nalgas de niño, los tirantes del vestido rodeando su cuello. La miré directamente a los ojos, que me evitaban, y tuve el repentino deseo de hablarle de lo maravilloso, de compartir con ella la felicidad absoluta: quise contarle algo sobre Blanca.

Pero preferí esperar.

—Sin embargo, en realidad sólo buscamos el placer y la belleza —dije—. Y no es malo buscarlos.

—¿A qué te refieres cuando hablas del placer y la belleza? ¿A la música?

Asentí, complacido por la similitud.

—Sí, eso es: un encuentro breve y limitado con lo eterno.

—Qué bonito. Pero en parte también ficticio, ¿no crees?

—Claro —respondí con una sonrisa sincera—: ficticio del todo.

—Lázaro busca lo mismo que tú —agregó de repente—, pero él cree que lo puede obtener con drogas.

La comparación me alarmó por su cruda verdad: permanecí en silencio mientras ella continuaba.

—Es cierto que lo hemos complicado todo —dijo—: yo lo sé mejor que nadie. Te hartas de oírlo día a día en la consulta. No somos libres para elegir lo que nos apetece hacer. Y cuando creemos serlo, nos engañan. —Dio vueltas a su copa amarilla y rebosante de espuma: las pulseras en sus muñecas parecían grilletes de esclavo—. Y ya estoy harta de engaños —añadió de pronto—. Creo que ha llegado el momento de ser feliz, ¿no?

La invité a casa: la nostalgia no me dejaba y supongo que quería compartirla. Ella aceptó sin sonreír y no pude saber si le agradaba o no, pero tampoco me importó. Fui sintiéndome cada vez peor entre el silencio del coche y la calle ruidosa, bajo las luces de las grandes avenidas, y para cuando llegamos mi estado era tan lamentable que hubiera llorado a solas sin necesidad de causas, como un par de ojos rebosantes.

No sé lo que ella esperaba o deseaba: perdí esa noción elemental que nos hace diferenciar al otro de nosotros mismos. Me senté frente al piano cuando me lo pidió y comencé el dulce Nocturno en fa mayor, pero con las primeras notas me sentí como traspasado por un dolor de fuego: tan terrible era que me vi obligado a realizar algo imprevisto, algo que ni siquiera dejase indiferente a mi conciencia, que provocase un recuerdo vergonzoso.

Fue así: ella me escuchaba con los codos apoyados en el borde del piano, como una cantante de jazz esperando su turno. Miraba con intensidad, pero no hacia mí: quiero decir que no se detenía en mis ojos, los penetraba como ventanas abiertas y se interesaba por algún punto invisible detrás de mi mirada. Concluí que era la música: miraba la música que yo producía; contemplaba el espíritu que mis manos invocaban y que sonaba a través de mí, tan sólo eso. Era la pasión profunda por una melodía, un atisbo lejano de la verdad, pero no la verdad en sí.

Entonces dejé de tocar, justo antes del cambio *con fuoco* del tema, me levanté y la besé.

Realmente no fue sino una lucha: forcejeo de gestos, brazos, músculos, carne tensa. Una lucha sin sentido, porque no sabíamos qué queríamos derrotar. Sin embargo, hubo un punto de hermosura hasta que ella habló:

—Espera —dijo.

—No hables —creo que repliqué.

La torpeza del deseo, que nos hace viejos, o niños temblorosos y atrevidos, esa improvisación repentina del cuerpo en la que cada músculo quiere mandar, siempre me ha dado pavor. No hay ritual entonces: sólo actuación, pero todo sucede tan rápido que ni siquiera nos queda la excusa de fingir.

Somos nosotros mismos durante la expresión del deseo, y eso es atroz.

La cogí del haz de la cintura con un solo brazo y el gesto atrajo sus pechos contra mí: su blanda firmeza me pareció obscena, cegado como estaba ante su rostro; ella había hundido los largos dedos en mi pelo revuelto y sostenía así mi cabeza, dirigiéndola sin visión hacia sus labios. Me aparté, la besé en el cuello desnudo con sabor a piel y perfume, la agarré de los brazos y la empujé hacia la concavidad del piano: su espalda fuerte y flexible se arqueó sobre él. Me sentí un extraño animal hociqueante sobre sus hombros; de repente casi creí que su piel era infinita: mis besos no perduraban, y cuando regresaba al mismo lugar entre sus hombros lo notaba virgen y volvía a besarlo. Mis manos buscaron con firmeza sobre sus caderas, atraparon, sin poder abarcarlas, la ovalada extensión de las nalgas. Eludíamos por alguna razón nuestras bocas juntas: percibí antes su aliento por todo mi rostro, incluso en mis ojos, sus labios trémulos, el húmedo pincel de su carmín, los gemidos crecientes que casi parecían un simulacro del deseo. Acaricié sin pausas la pronunciada tensión de sus nalgas, aún vestidas, hasta hacerme daño contra la lisura negra del piano, que se hallaba detrás. Retrocedí entonces hacia el sofá sin dejar de apretar su cuerpo contra el mío, a tientas, ayudado por la ventaja de conocer dónde se hallaba. Vencí diez veces y en diez lugares la prodigiosa resistencia de sus glúteos cubiertos por el vestido turquesa: el tacto era como de alfombra de baño; arrugué el vestido, quise decidirme ya por conocer la tibieza directa de su carne, hundí una mano bajo la falda, en la nalga desnuda: sentí un placer exquisito. Me dejé caer en el sofá y ella se abalanzó sobre mí, fuerte; me apartó el pelo, tiró de él, separó los muslos al mismo tiempo, los abrió en un ángulo casi imposible de bailarina, y el vestido se elevó hasta su cintura. Percibí sus zapatos detrás, geométricos, uno sobre otro, entre mis rodillas.

Ya con sus nalgas desnudas, alzándole la falda o impidiéndole que descendiera, descubrí el tacto de sus bragas, un breve cordel de seda que hendía el centro de su trasero sin brusquedad, contenido por el poder del músculo; se afinaba en la separación de las nalgas, y sus piernas abiertas lo adherían como cera o lacre negro sobre la ondulación de su sexo. No quise desbaratarlo, pero lo amenacé: tensé aquel cordel todo lo que pude, lo separé de la carne apenas un par de centímetros debido a la tensión del elástico hasta oírla gemir en tono diferente. No, no quería desnudarla: ya lo estaba; mi sexo se erguía también incómodo bajo el pantalón; todo era así, un continuo estar al borde de algo, un ceñimiento constante, una barrera que intentar vencer sin conseguirlo. Ella, sin embargo, pretendía deshacer ese equilibrio: abrió mi chaqueta, apartó la corbata, se esforzó en llegar a mi pecho, me ofreció el suyo casi a la altura de mi rostro. Apreté sus nalgas por el centro, desde la angosta separación donde la cuerda de su prenda íntima se perdía. Noté entonces sus dedos imperiosos liberando mi miembro, trajinando como insectos voraces sobre esa dureza, buscándola, descubriéndola a través del pantalón, todo ese sangriento extremo a su merced.

Apreté los dientes mientras frotaba el rostro contra la tensa irrupción de sus pechos y golpeé con fuerza su nalga derecha. Ella se venció hacia delante, como faltándole el equilibrio, y lanzó un gemido ahogado. Sus pechos golpearon mis mejillas como el rostro de dos niños; en ningún momento mis manos los habían tocado, pero estaban casi desnudos: el sujetador, de una sola banda horizontal, no los contenía y se alzaban impúdicos sobre ellos mismos. Repetí el golpe contra su nalga y se incorporó, tomó aire y cerró los ojos. No los abrió para murmurar:

—Vale —con voz ronca; y volvió a decirlo—: Vale.

La azoté otra vez, con gran fuerza, en ambas nalgas, sobre el vacío desfiladero de su separación, y se alzó un instante, sus muslos se tensaron sin parecerlo, como cuerpos de delfines en pleno salto, y volvió a caer sobre mí sin cesar su balanceo cerrado contra mi sexo. Percibí su mueca de deseo: sacaba la lengua, se mordía los labios, mostraba los dientes. Sin embargo, lograba controlarse: «Espera», dijo, y sometió con paciencia exquisita, imposible de soportar, el centro de mi glande descubierto contra su sexo.

—Espera —volvió a decir.

Pero no la obedecí: mi nuevo y repentino golpe sobre el temblor de su culo la impulsó hacia mí, gritando. Eyaculé de repente. Fue una blanca, drástica telaraña que alcanzó su vientre, sus manos, el tejido oscuro del pantalón; un múltiple hilo de humedad que por un instante parecimos incapaces de quebrar. Ella entonces se apartó a un lado, como herida, juntó los muslos y bloqueó su sexo con las manos; empezó a gemir como antes lo había hecho sobre mí. Seguí vaciándome también apartado, hasta que nada quedó dentro de mí y nada dentro de ella, y nos volvimos como objetos inertes, insensibles, que parecían respirar por primera vez.

—Lo siento —dije al levantarme.

—Suele pasar —la oí murmurar, porque no quise mirarla.

Pensé que estaba siendo cruel, y eso me hizo sentirme sádicamente satisfecho, como si hubiera cumplido algún destino previo u obedecido una remota inclinación de mi cuerpo. Supuse que se marcharía enseguida, pero aún la oí revolverse sobre el sofá con el suave quejido de la tela turquesa, sus jadeos interminables en contrapunto irregular con aquellos roces. Me alejé hacia el piano abierto mientras pensaba en Lázaro: en que podía llegar de improviso —si es que no se encontraba ya en casa, sumergido en el claustro de su cuarto— y verme así, y despreciarme.

Cuando llegó el silencio pude murmurar:

—Te he estado utilizando.

—Nos hemos estado utilizando —replicó.

Me di la vuelta y la contemplé: se hallaba de pie, arreglándose el vestido, ordenada. El único rastro que le persistía era un rubor frutal que azotaba simétrico sus mejillas. No sé por qué, los lánguidos silencios entre las frases de despedida me recordaron el sonido muerto de un campo de batalla tras el combate. Se marchó sin complacerme en ningún extremo: no quiso sonreír pero tampoco parecía odiarme por completo.

Pensé algo terrible: he pretendido escapar.

Pero escapar de Blanca es encerrarme en la libertad.

Este sábado la esperaba en casa. En el fondo del buzón apareció una sencilla tarjeta con una equis negra, y eso significaba justo lo que ambos deseábamos.

La casa se hallaba solitaria y tranquila cuando llegó Blanca, ya preparada. Con suma paciencia (tan diferente de mi experiencia del jueves), con pasos medidos, controlados, la hice pasar al salón. Observé sus pies: había entrado descalza. Era el detalle correcto.

Y tan hermosa. Tanto. No quise, sin embargo, descubrirla frente a todas las luces, salvo las íntimas. Nuestra pasión está repleta de formas en la oscuridad, de recuerdos que no son imágenes ni pueden serlo: sonidos, olores, tactos; verdaderas reminiscencias de amor, sin duda.

El detalle: venía descalza. Pero había otro: el uniforme.

Traía, en primer lugar, un abrigo de lana negra sobre el que se derramaba como la luz todo su pelo blanco en bucles ordenados, inmóviles. El rostro se delineaba con un maquillaje exacto de mujer.

Guardé la debida distancia mientras se despojaba del abrigo y lo arrojaba al suelo.

Los detalles: nada puede hacerse contra ellos, son como la absoluta perfección de las líneas de una gema. La geometría de los detalles hermosos es lo que me abruma de ella. Arrojó el abrigo al suelo y colocó las manos tras la espalda. Quisiera compartir esa imagen: permaneció de pie frente a mí con las piernas juntas, muy juntas, el torso erguido, las manos en la espalda, mostrando su uniforme blanquiazul, una chaqueta limpia de marinero con las mangas anchas atravesadas por líneas blancas y el cuello con un pañuelo holgado. El uniforme, la chaqueta blanquiazul de marinero. Nada más. La longitud de la prenda impedía descubrir de inmediato que estaba completamente desnuda debajo: había caminado así por la calle, con el abrigo y la chaqueta, y se había descalzado en el umbral, antes de entrar en casa, tal como suele hacer en el ritual. La rodeé mientras ella continuaba inmóvil: sus piernas absolutamente desnudas, la chaqueta formal por encima, con hombreras rectas y ultramares, un ancla dorada en cada una; pero sus piernas largas, delgadas, desnudas; por delante el atisbo asombroso del sexo bajo los botones dorados y la tela planchada y blanca; por detrás, las dos líneas del final de sus nalgas reuniéndose con simetría tranquila en el centro; más arriba los faldones cortados de la chaqueta, dos botones dorados en su espalda, las puntas de los últimos cabellos de nieve en vertical rozando esos botones.

Contemplé la quietud viva de sus piernas, las curvas suavizadas, la tensión en reposo de los músculos, la figura soberbia de los muslos.

Lo supe: nada se puede hacer, porque somos incapaces de modificar lo inaccesible. La música, por ejemplo, no existe ya cuando se siente. Se pierde al escucharse, y, perdiéndose, llega. No puede alterarse aquello que se oye, porque al oírlo ya fue: de ahí su líquida belleza. Y es imposible quebrar el tranquilo misterio de Blanca: ese es mi límite. Aunque quisiera abalanzarme sobre ella, aun cuando deseara hacer añicos su hermosa obediencia, no podría: porque en ese instante dejaría de ser ella. Intentar penetrar en la escultura de mármol sólo sirve para desfigurarla: su propia posesión violenta la destroza. Comprendí todo esto, pero también me dio igual: hay ciertas verdades que se comprenden y se olvidan sucesivamente, como si fueran soñadas.

—Camina hacia la silla —dije.

Guardé la distancia debida, bien vestido, limpio, correcto, la camisa y corbata grises, mientras la veía avanzar hacia la silla alta sin respaldo que se halla cerca del pequeño bar del salón. En silencio, sin titubeos pero con la lentitud de un suceso natural, un pie delante de otro, descalza sobre la moqueta, obedece y avanza: las áreas vírgenes de sus nalgas tiemblan y brillan bajo las luces tenues.

No aparta las manos de la espalda: camina recta, dócil, con cierto talante de soldado juvenil, y se coloca firme junto a la silla. Así podría estar, pienso, hasta el fin de los tiempos, hasta el infinito último instante, inmóvil, aguardándome.

Caminé hacia ella y me senté en la silla, mirando directamente su rostro de virgen: se hallaba un poco de perfil, blanco, como recién resucitado, aterradoramente inalterable. Sus mejillas no estaban enrojecidas, pero los ojos se hallaban bajos, la boca exangüe y entreabierta, con la exquisita pintura color perla sobre los labios, las pestañas blancas, prodigiosamente largas, la sensualidad de su expresión paciente, aguardando.

El ritual de castigo no requiere falta, sólo pureza, casi absoluta castidad: quebrar hasta la roja agonía esa castidad de hielo es lo que nos proponemos. Una regla que ambos respetamos es no acariciarnos, aunque existan —y precisamente porque existen— caricias inevitables, como la ceguera heredada al contemplar el sol. Pero nuestros cuerpos deben respetar siempre una distancia de espadachines, no hay lugar para la intimidad.

—Echate —golpeo sobre mis muslos mientras la contemplo.

Avanza hacia mí con las manos en la espalda, recorre el brevísimo trayecto hasta mi cuerpo, entonces rompe su quietud, se aparta el pelo del rostro y se tiende sobre mis piernas con torpeza. Yo no la ayudo. Ella busca su punto de equilibrio echándose de bruces hacia el suelo y estirando los brazos hasta apoyarse con la punta de los dedos en la suave moqueta. Mantiene las piernas juntas y todo su cabello se vuelca como leche hacia delante. Los dedos de los pies se apoyan en el suelo también de puntillas. Se acomoda así sobre mí, moviendo sus caderas hasta notarse firme, sosteniendo todo su peso sobre mi sexo, que debe de resultarle cada vez más incómodo. Yo no la toco ni la ayudo a mantenerse. Todo su cuerpo se proyecta como una cúpula suave cuyo ábside se descubre para mí.

Naturalmente, la chaqueta de marinero con botones dorados se ha deslizado hacia su espalda encorvada. Las nalgas blancas, rebosantes, aún más firmes por la tensión de la postura, se muestran por completo: la carne perfectamente redonda se mueve, se alza, se contrae como si respirara. Así permanece: es un peso que no llega a molestarme. Comienza otra espera, esta vez con su cuerpo vivo, tenso, moviéndose sobre mí.

(En la partitura: repentinamente, la repetición del tema con fuoco, sin pausas.)

Con la mano izquierda sólo procuro comprobar: las líneas de su postura, la inmovilidad exigida, la tensión adecuada de sus piernas, que deben permanecer juntas. Mi mano derecha se alza entonces, abierta, mientras clavo la mirada en las nalgas que se muestran de tal manera sobre mí. Golpeo uno de los cachetes con la fuerza adecuada. Se agita sin separar las piernas, rígida, como un bambú. El sonido, seco, breve, de carne contra carne, me deleita. Quizás observado con lentitud pueda ser una caricia: posiblemente más despacio —pienso— es una hermosa melodía de gestos; mi mano se alza casi por encima de mi cabeza, desciende con energía, la palma encuentra una de las nalgas, hunde la carne, la somete un rápido instante, retrocede, vuelve a levantarse firme como si fuera el acto del juramento, dejo que caiga a un ritmo constante y ella se remueve —o más bien su cintura y sus caderas blancas—, se balancea sobre mis piernas. Como en cualquier otro ritual, no tenemos ningún objetivo concreto: sólo sabemos que no podemos soslayarlo; yo no puedo dejar de golpear; ella no puede modificar su postura. El ritmo y la repetición son importantes; también su abandono, que me hace olvidarla; sus gemidos, muy leves, tras cada azote, que incitan a la crueldad; mi fuerza, que al sentirse libre sobre un cuerpo suave se encrespa; y el intenso ardor de mi mano y las redondeces hirvientes de sus nalgas, donde la sangre pinta mis dedos con creciente intensidad; y los gestos trémulos, involuntarios, de sus propios músculos. Todo así, incluso más allá del dolor, condenados a repetir, aun más allá de nosotros mismos: ella, el marinero culpable, transgresor, y yo el encargado de su purga. La falta ha sido leve, pero el castigo no se hace esperar. El ritmo crece y permanecemos inalterables, salvo ese punto en que el placer confluye: sus caderas se mueven con cierta violencia contenida, como el latigazo certero de mi mano; vuelvo a golpear y cierro los ojos: su falta —pienso— merece una corrección adecuada. Creo que murmuro «oh Dios» en algún instante, percibo su placer, acude el mío, lloro con increíble brevedad justo en ese momento en que mi vientre se humedece por completo bajo la ropa, pero sin abandonar los golpes, como si nada ocurriera, hasta el calambre de mis músculos, hasta el dolor reflejo de mi mano, hasta que su cintura se conmueve y busca saltar, evitar, esconderse, huir de ese péndulo de palmadas inagotables. Sus nalgas de nácar, transformadas de repente en una flor de cinco pétalos rojos, se contraen, se agitan, y percibo como desde el infinito el llanto, los gemidos prohibidos: aoo, suena así su garganta, aoo, dulce e incesante, hasta que mi mano finaliza y hay una pausa, otra espera distinta, y ella se revuelve contra mí pero apenas, sin levantarse, como pidiéndome proseguir.

Aún permanece recostada cierto tiempo en la misma posición, esperando. Yo no la toco, salvo para sostener su cuerpo. Noto sus ansias, las mías me invaden, pero nada hacemos salvo esperar.

Más de una vez me he creído una *Piedad* inversa, azotando, petrificada, el alabastro del fruto desnudo de mis entrañas.

No, no es el instante de los golpes. Creo que

nadie comprendería, pero debo intentar explicarlo. Es esta espera lánguida de después, ella volcada aún sobre mí, los músculos todavía preparados para una nueva tunda, jadeante y húmeda; es esta espera sin objeto, con su cuerpo casi completamente desnudo, ya saciado nuestro impulso, el hervor de la piel de sus nalgas azuzándome la mirada, las piernas tibias, contagiadas del dolor, endurecidas como piedras.

Es ese instante en que todo regresa, como si azotar a Blanca fuera coagular alguna clase de fluido que, al derretirse bruscamente, taponara mis sentidos como una inundación o el hormigueante retorno de la sensibilidad al miembro anestesiado.

El orgasmo ha quedado atrás: es esta espera lo que me conmueve, lo que me hace pensar que hemos inventado la perfección.

(En la partitura: de nuevo el primer tema, sotto voce, muy dulce.)

La transición se realiza con levedad, aunque sin pausas: Chopin lo indica con un breve adorno, un arpegio en do, fa, la, para reencontrar el tema en fa mayor. Debemos ser sutiles en este punto: cambiar apenas sin cambio, sin aviso, con dulzura incansable.

Elisa ha llegado a la hora acostumbrada: fiel a nuestro pacto, traía de nuevo esa rara camiseta con el símbolo del vacío sobre la espalda. Me ha sonreído, se ha sentado frente al piano y se ha quitado las gafas.

Cuando empezó a tocar, todo adquirió de repente un significado, aunque indescifrable. Vuelvo a rodear el piano, a deslizar mis dedos por sus curvas brillantes, oyéndola ejecutar el estudio a ciegas. Me he acercado a ella con lentitud, protegido por su propia concentración, para observarla inclinada sobre las teclas, los ojos entrecerrados, encorvando la pequeña espalda y extendiendo falsamente la letra O gigante que bosteza detrás, el infinito que se ondula sobre sus huesos y músculos.

—Muy bien —dije en cuanto terminó y volvió el silencio—. Pero ¿sientes los pedales?

Demoró un instante su respuesta: durante ese tiempo me miró con sus grandes ojos desnudos, crecidos por la ausencia de cristales.

—No sé —dijo por fin—. ¿Qué debo sentir?

Me agaché y ella se apartó un poco. Me incliné sobre sus pies.

—Mira —la atraje con gestos hacia mi postura.

Sólo titubeó un momento: se levantó y se colocó en cuclillas junto a mí. Cogí sus manos, de nuevo tensas, y las deposité sobre los pedales dorados.

—Suave, muy suave: ese es el tacto de la música —presioné sus manos contra los pedales: se hundieron, se alzaron sin violencia; ella sonrió—. Como una caricia que hay que sentir, como un ser vivo.

Nos levantamos y me aparté de ella con rapidez: su contacto había logrado confundirme, y no era eso lo que yo buscaba.

—¿Cómo conseguirlo? Te lo diré: repetirás el ejercicio descalza. Trata de sentir los pies como sientes las manos; muévelos unidos al instrumento que tocas, como parte de él, ¿te parece?

Pensé que se negaría, y eso era casi lo que yo deseaba: de esa forma ella misma pondría punto final a aquella relación sin pausas, repleta de riesgo. Y es que quizás habíamos tensado demasiado nuestros papeles, y yo estaba esperando —y ansiando— el instante en que todo se rompería entre nosotros. Pero continuó mirándome, posiblemente más indecisa, aunque su voz fue firme al preguntar:

—¿Descalza?

—Así es.

Hizo un gesto: lo traduje como resignación, aunque algo en su mirada, o en su conducta, me hizo pensar que había estado aguardando este momento. Levantó entonces una pierna, se quitó el zapato deportivo y el calcetín con sabia lentitud, consciente de mi intensa mirada; hizo lo mismo con la otra; tenía ese don especial de exhibirse mediante el cual nada de lo que se hace frente a otros ojos resulta torpe o ridículo; había en sus movimientos, aun en los más inocuos, una especie de intención malévola que apresaba la vista.

Pareció más adulta mientras me obedecía: sus bucles rizados ocultaban su rostro al inclinarse; subía y bajaba las piernas con absoluta indiferencia, desvelando y ocultando sus muslos sin querer, o con un querer imperceptible. Observé sus pies pequeños, bonitos, bien formados, los breves tendones tensando los dedos: los levantó al pisar la moqueta y me observó sonriente; había logrado descalzarse mucho antes que mi propio deseo, que persistía. Entonces se acercó al piano, puso las manos sobre el teclado y comenzó a tocar. Sus pies desnudos abrazaron los pedales, los dedos se abrían sobre la frialdad dorada del mecanismo exigiendo un pequeño esfuerzo suplementario de la pierna; los empeines se alzaron un poco, como si calzara tacones, quizás por el contacto helado con el metal. Repitió el ejercicio completo de esta forma.

No supe la razón, pero cierto sentimiento de prohibido lo abarcó todo de repente. No hallé falta alguna, pero tenía que existir. Quizás —pensé— era mi mirada. Pero cerré los ojos y seguí notando el escalofrío del pecado.

Descubrí entonces que me enardecía la comprensión de lo que había conseguido: dejarla así, tan sólo con su camiseta grande; su camiseta dividiéndola, rompiendo su desnudez, por encima los bucles negros y los hombros desnudos, por debajo las piernas, los pies descalzos, en el centro el símbolo vacío del cero, o la O mayúscula. Pero al tiempo que aquel pensamiento impúdico me condenaba, ella, al tocar, me perdonaba la falta. Quedé lleno de compasión oyéndola, a salvo de mi propia conciencia, bendito para siempre, sin nada ante lo que responder, como si de repente Dios hubiera desaparecido.

Deseé pensar esto: hay un secreto, una conjura cuyo fin consiste en ocultar a los hombres la verdad. La belleza, la pura belleza, está cubierta por telones como una estatua antigua, ese es nuestro destierro; y la vulgaridad de las razones, de las meras palabras, no nos permite regresar. En la música se desvela por fin todo lo oculto, pero al final, con el retorno del lenguaje y la mentira, el brillo de esa verdad se esconde otra vez entre las nubes.

Elisa se pone los zapatos, se coloca las gafas con gestos metódicos, rápidos, olvidada ya su artística lentitud, se levanta, recoge las partituras, se despide de mí... ¡se despide de mí!, dice: «Hasta el próximo día», y la veo marcharse. En ese mismo instante regresa la culpa, o se muestra por completo ante mis ojos, y aparece el miedo.

Y es que hemos sido expulsados para siempre de la felicidad.

Nuestro parque infantil está abandonado: hay una lona sobre el columpio, han arrojado una sábana cruel en el tobogán, los caballos de madera yacen ocultos bajo lienzos.

He vuelto a escribir esta semana. Era necesario. Quizás pueda llamar a esta necesidad «razón onírica», pero mentiría, porque no sueño. «Visión» tampoco sería un nombre correcto, ya que se trata de una inferencia casi lógica que surge cuando escucho o interpreto, y que queda en el extremo opuesto a la percepción: es algo invisible que se presiente. «Un ángel caminando sobre mi tumba» podría ser una descripción acertada. Y continué con la estancia en Valldemosa:

«He dicho ya que George Sand se cubría de rayas de tigre, pero podemos imaginarla distinta: las ventanas de la habitación se hallaban cerradas y los postigos soportaban persianas de madera. Cuando la luz logra entrar —y prefiero pensar en la luz de la luna—, las franjas de sombra, regulares, exactas, predecibles, forman sobre el cuerpo desnudo de George Sand un teclado alucinatorio: tonos de color blanco carne, semitonos en negro, un poco menos tigre pero más precisa, quizás más imposible.

He imaginado componer sobre ella; sentir que asciende desde el centro del piano, como la música, los brazos levantados tras la cabeza, el pelo siempre muy corto, el rostro sereno de madonna, desnuda por completo, los muslos muy separados. Semitonos sobre sus pechos, tonos bajo ellos, semitonos cruzando su vientre, tonos cortando el pubis. Por la ventana, a su izquierda, a la derecha de Fryderyk, se deshace la luna.

La he soñado emergiendo así desde el piano; imagino sus pezones exagerados, erectos, fuertes, no sé por qué.

Y el sufrimiento de Chopin: saber que, para obtenerla, deberá interpretarla; es decir, tendrá que inventarla para poseerla, pero al hacerlo la perderá: esa será su única posesión; a pesar de la realidad física de su cuerpo de teclas y cuerdas, de su carne sonora...

Para gozarla, Fryderyk deberá convertirla en música y hacerla desaparecer».

Ritual de la ceguera

Nocturno en do sostenido menor opus 27 número 1

(En la partitura: larghetto, comienzo en pianissimo de la mano izquierda, seis notas en legato, suaves, oscuras; la melodía, a partir del tercer compás, sotto voce.)

Regreso del conservatorio con el viento a mi espalda y el cielo bloqueado de nubes grises. El buzón me anima, porque encuentro un aviso, una profecía: el trozo de tela negra, inconfundible, que anuncia el próximo ritual. Se me ocurre algo: vivir con los ojos cerrados hasta el sábado, para otorgarle un adecuado prólogo. O para fingir que despierto contemplando su figura. Pero es una felicidad tan exquisita que me asusta.

Hay un giro simple sobre mi y mi sostenido, como el revoloteo de un pájaro, en este Nocturno: música para ciegos. Al tacto, las teclas de la mano izquierda se desprenden de las sombras como asperezas de Braille y adoptan volumen, forma, identidad. Todo lo que gira es voluptuoso: y hay voluptuosidad en esa nota obsesionante. He repetido la partitura varias veces con los ojos cerrados, pero es peligroso. No ver es ver demasiado. Las tinieblas y los sueños se parecen en algo: ambos provocan visiones intensas. Es peligrosa esa oscuridad repleta, esa forma suave que palpamos en la oscuridad. Porque la oscuridad es el deseo, y es arriesgado abandonarse a ella, liberar el instinto como un aliento de niebla.

Los días se acortan, como si ya faltara el tiempo: lo decidí ayer, de pie en la acera, junto a la pared entre dos comercios, mientras veía encenderse a mi alrededor las luces de las farolas. Eran sólo las ocho menos cuarto, pero ya había caído la noche completa, y en lo que a mí respecta me tomó por sorpresa, como la muerte.

Ella salió puntual, envuelta en una trenca oscura con medias azules: su altura y sus piernas delineadas siempre visibles hasta el comienzo de los muslos parecen detalles irremediables. Al salir se detuvo para colgarse del hombro una especie de mochila, de continuo con esa equívoca rapidez de quien se cree perseguido o debe llegar cuanto antes a ninguna parte. Me acerqué, quizás con demasiada violencia —posiblemente debido a la oscuridad, que falsea las distancias—, y dije: «Hola». Su gesto de susto me asustó: giró de repente, protegió la mochila, por un instante su rostro no fue suyo —por un instante fue la mueca del miedo, como antes recordaba yo la de su placer—, y al final mostró, según creo, cierta alegría genuina. Caminamos juntos hacia la gran avenida, donde las voces, y hasta la noche, se pierden; yo, sin mirarla, hablando como si me confesara ante mi propia conciencia; de vez en cuando contemplaba sus pies —grandes pero bien hechos— y su calzado plano azul oscuro.

—He venido para disculparme —dije.

—No es preciso —dijo ella—. No ha ocurrido nada.

No hubo ironía en su voz; en general fue una conversación agradable, mucho más de lo que esperaba.

Intenté hablar todo lo que pude: temía su silencio, pero también sus palabras, aun sus gestos; no quería obligarla a relacionarse sino solamente explicarme.

—Por increíble que te parezca, yo no soy así —dije, y me apresuré antes de oír su voz—. Me refiero a lo del otro día. Tengo sensibilidad...

—El presidente de la Hermandad de los Amantes de la Música —replicó, pero, aunque la oí reír, siguió desprovista de burla: más bien era una declaración resignada, incluso triste.

—Es posible. Aquello fue como un deseo repentino de ser de otra forma.

—¿Más normal?

—Llámalo así.

Caminó un instante con la sonrisa pendiente,

como si le faltara expresar algún pensamiento alegre. Entonces me miró para decirme:

—Creo que me gusta más tu sensibilidad.

Sonreímos juntos, pero sospecho que sólo ella, mucho más sincera que yo, tenía deseos reales de hacerlo.

—He hablado con Lázaro —dije de repente—: no creo que acepte venir conmigo a la consulta. Eso me preocupa.

—¿Cómo se encuentra ahora?

Me encogí de hombros. Decidí no mentir:

—No lo sé. Probablemente sigue fumando mierda. Hace tres o cuatro días que no le veo.

Movió la cabeza lentamente y enfrentó mis ojos: yo los desvié.

—No le dejes solo, Héctor —dijo—. Recuerda: tú eres su mundo.

—Pero él tiene su propia vida —me defendí—. Es un chico muy especial: se basta a sí mismo.

—Nadie se basta a sí mismo.

—Es cierto —admití.

Aguardamos junto a un semáforo. Yo no miré las señales: comencé a atravesar la calzada cuando ella lo hizo. Me di cuenta, por el alboroto de coches repentino, de que había infringido las normas: corrimos hacia la acera opuesta.

—¿Sabes? No es él quien me preocupa ahora, y perdóname —dijo de repente—. Creo que cuando le pediste a tu hermano que acudiera a una consulta, eras tú quien estaba buscando ayuda. Incluso me comentaste algo parecido en broma...

—¿Crees que necesito ayuda?

—Creo que tienes un problema.

Habíamos llegado a Plaza de España, y la vastedad del lugar me pareció impropia para confesiones. Sin embargo, sentía la necesidad de hablar de mí.

—Adelante —la tenté—. ¿Qué clase de problema?

—Ya me lo dirás tú.

El tiempo en la noche no transcurre igual: parece evaporarse con las palabras; de repente emergió una boca de metro: gente como expulsada salía en torrente de su interior. Aguardamos un instante allí: ella tenía que entrar, yo no. Por primera vez en aquella cita la contemplé completa, arrebujada en su trenca azul. Sus ojos resplandecían como una noche de ciudad.

—Necesito verte de nuevo —pedí.

—Muy bien —respondió enseguida—. Hoy es imposible, pero podrías venir a casa el sábado.

—El sábado no —me apresuré—. Tengo compromisos.

Me observó con esa fugacidad que sin embargo consigue parecer siempre más intensa que la mirada fija. De inmediato desvió la vista.

—Ya. ¿Y el jueves?

Hemos quedado el jueves en el mismo sitio. Quiere que conozca su casa. Planea incluso una pequeña cena. He pensado mucho en esa noche próxima, y me he decidido a compartir con ella mis secretos.

Elisa, con sus rizos africanos y su oscuridad, su cuerpo ligeramente bronceado, volvió a tocar hoy. Entonces me atreví. La noche se hizo prematura a nuestro alrededor: sólo permití la pequeña luz amarilla, casi de hoguera, de la lámpara de pie junto al sofá. Eso me alentó. Le pedí que tocara con sordina, muy suave, en un ritmo semejante a los seisillos que acompañan al Nocturno opus 27, número 1. Lo hizo con la recién creada costumbre de llevar su camiseta del símbolo vacío, descalza y sin gafas. Se equivocaba, pero parecía no importarle. Tampoco se aturdía por el hecho de mi presencia, como antes. Por fin se había abandonado, incluso a sus propios errores, o quizás se trataba tan sólo de miedo, el miedo de ambos, pero el suyo me dio valor. Poco a poco fui sintiéndome una amenaza: de haber pensado en un peligro en ese instante, habría pensado en mí. Me acerqué a ella, o mejor: al conjunto de esa pequeña espalda que se arqueaba bajo el símbolo de la O, las vértebras levemente dibujadas y los rizos negros y los codos a ambos lados moviéndose con la música. Me acerqué hasta que ella me sintió —un instante antes de que yo lo hiciera— y se detuvo. Rocé su espalda inmensamente joven y tibia con mi cuerpo.

—Continúa —dije.

Las notas balbucearon un poco cuando me obedeció: después se hicieron más firmes. Volvió a inclinarse, a arquear la espalda. Yo la imité con cierta indecisión.

Extendí la mano entonces, bajo sus brazos, sin tocarla, subrepticia como una criatura nocturna, y cogí con la suavidad de la brisa el borde de su camiseta, que cruzaba los muslos; tiré de él con lentitud. Volvió a detenerse y giró la cabeza, pero apenas, como si en realidad no lo hubiera hecho para mirarme.

—Continúa —repetí con neutralidad.

Mi intento había colocado los bordes de la camiseta en la parte superior de sus muslos; ella no hizo nada por descenderla. Siguió tocando en un tono casi de pregunta, en voz baja. Con la atención leve que emplearía en examinar una flor pétalo a pétalo, volví a atrapar el borde de la camiseta y tiré un poco más hacia mí hasta que resultó imposible debido a la presión que ella misma ejercía sobre el asiento. Pero continué tensándola con silenciosa terquedad, intentando no tocar su piel. ¿Provoqué su gesto o se debió exclusivamente a ella? No puedo saberlo. Lo cierto es que se incorporó durante un segundo y los obstáculos desaparecieron, por lo que conseguí llevar la prenda hasta su cintura. Las nalgas pequeñas, firmes, se hundían con levedad en el taburete. Estaban cubiertas por el triángulo amplio de unas bragas blancas muy sencillas. Ella se removió y percibí que la música variaba: ahora los arpegios seguían una adormecedora repetición que casi parecía silencio puro. Al balancearse, depositaba el peso en una u otra nalga, exagerando un poco el músculo. Era prodigioso, aturdidor, pensar que se trataba del cuerpo de Elisa, de una muestra parcial de sus intimidades.

Mantuve su camiseta enrollada en el vientre y palpé la cinta de sus bragas con el dedo índice: ella, que se limitaba ahora a hacer susurrar al piano con voz de viejo, se echó hacia delante, irguiéndose. Me sorprendió la increíble tibieza y humedad de su ropa, como proveniente de otra estación; a nuestro alrededor las cosas eran otoñales, pero aquel elástico parecía puro verano. Tocar sus bragas, además, era como tocar nervios abiertos: mi dedo apenas hacía presión, pero todo su cuerpo se envaraba al sentirme, la música parpadeaba, proseguía ya como un decorado, se hacía menos importante que los ruidos.

—¿Te molesta? —pregunté entonces.

Negó con la cabeza sin hablar y sin volverse, inclinada sobre el teclado, concentrada en algo que parecía más allá del mecanismo ocioso que estaba interpretando, una armonía oculta.

Atrapé entonces la cinta elástica de uno de los bordes, el que cruzaba en diagonal la nalga izquierda; al hacerlo, inevitablemente, la uña de mi dedo índice palpó la tersura caliente de su piel bajo ella, el próximo abismo de separación entre ambos cachetes; cerré los ojos: era como tocar la piel de una fruta. Introduje más el dedo y hallé el otro borde: junté ambos, cerrando el dedo como un gancho, y tiré hacia mi cuerpo de tal manera que la estrecha línea que se formó se introdujo en la separación entre sus nalgas, como un dedo de seda. Fue entonces cuando noté que sus manos se habían muerto de repente sobre las teclas. Volvió a removerse, percibí como el simulacro de un jadeo, un gemido inexperto; los óvalos morenos de las nalgas se contrajeron, oscilaron; se incorporó de nuevo para regresar al asiento casi al mismo tiempo: sus bragas eran ahora una arrugada línea entre la sensible carne de sus cúpulas. Volví a recogerle la camiseta sobre la cintura, ya que había descendido con los movimientos. Levanté los bordes laterales de las bragas, como alas de pájaro tenso, separándolos con dificultad de la carne, y puse todo mi empeño en alzarlos hasta que la columna sedosa de la prenda se perdió por su mitad inferior, casi los tres cuartos últimos, hundiéndose hacia arriba.

Golpeé una tecla y Elisa —ojos cerrados, boca abierta, respirando profundamente— se sobresaltó como si despertara de un sueño violento.

—Continúa —le dije.

Lo hizo, pero apenas era música: notas dispersas, como al azar, casi las que podría producir un niño pequeño. La observé desde alguna distancia: salvo por la camiseta que pendía de su cintura, se hallaba casi desnuda; las bragas parecían haber desaparecido, y la finura de bramante que permanecía entre sus cachas y se tensaba muy por encima, sobre el hueso de sus caderas, era como una demostración de su desnudez auténtica.

Me acerqué por detrás, la atraje un poco de los hombros, le indiqué de nuevo que prosiguiera —sentí su temblor de hoja por todo el cuerpo— y llegué con las manos hasta la cercanía arriesgada de sus ingles. Cuando toqué las bragas allí, hundiéndose en las líneas más suaves que podrían imaginarse, Elisa golpeó una nota que sonó a grito y dejó de tocar. Juntó los muslos y me impidió proseguir, pero no se volvió: agradezco esto último; su rostro me hubiera condenado en el mismo instante en que lo viera, así que preferí que continuara de espaldas: era mejor imaginar su vergüenza a contemplarla.

A pesar de todo, su rigidez me hizo proseguir: rodeé el pequeño cuerpo con mis brazos, me incliné, palpé la carne suavísima del comienzo de los muslos, toqué las bragas sobre una piel sin vello, limpia, intenté realizar la misma operación que por detrás: ella puso entonces ambas manos sobre las mías y retrocedió tan rápido que tuve que apartarme para que su cabeza no me golpeara. Se deslizó entre mi cuerpo y el piano y dio varios pasos torpes y veloces hacia la puerta. Su camiseta descendió por un lado pero se mantuvo tercamente en la cintura por el otro, dejando al descubierto la nalga, que tembló con sus prisas. La llamé:

—¿Adónde vas?

Se detuvo, pero hizo el mismo ruido que si caminara, descalza y silenciosa sobre la moqueta.

—Ven —dije.

Se dio la vuelta y noté su angustia, sus ojos desmesurados, la expresión de pavor, el cansancio de sus jadeos de adulto. Se había bajado la camiseta por completo, se arreglaba. Las huellas de su cuerpo aparecían y desaparecían bajo la prenda como burbujas. Se acercó por fin, recelosa, despejándose la cara de rizos.

—Siéntate: no voy a hacerte nada —le indiqué.

No lo hizo: permaneció de pie frente a mí con cierta frigidez de manos cruzadas sobre el centro de su cuerpo, los muslos juntos.

—¿Vas a decírselo a tus padres? —dije percibiendo con inmensa felicidad que no me importaba que lo hiciese.

Respondió que no con la cabeza, pero muy rápido, de tal manera que no supe si su respuesta era puro miedo o sincera convicción. Tampoco me interesó saberlo: caminé hasta situarme entre ella y la única luz del salón, y mi sombra de hombre la ocultó por completo.

—Soy un pervertido —le dije sin esfuerzo—. Un pervertido absoluto.

No respondió: el blanco de sus ojos traspasaba mi propia sombra como pequeñas luces.

—Pero juro que no voy a hacerte daño —y entonces sí me esforcé en hablar, porque era mi propio sentimiento lo que narraba—: Estás tan hermosa así... Tan hermosa... Pero no voy a tocarte, sólo deseo verte. No te tocaré nunca: te descubriré como ahora. O tú lo harás, de igual manera que haces con los zapatos o las gafas. Pero la decisión es tuya.

Decírselo todo me excitó más que su propia desnudez. Me acerqué a ella soslayando el piano y la oscuridad de mi figura creció a su alrededor, como una noche íntima.

—Por favor —gemí—, déjame verte.

Esa expresión suya entonces: la blancura instantánea de su rostro, como con las emociones disueltas, la mirada sin párpados fija en la mía, la boca a punto de una palabra pero tan semejante a la del beso. Sentí al verla, diciéndole todo lo que le dije, el anuncio de un sorprendente orgasmo que quise demorar. Mi miembro, erguido, rozaba las vestiduras. Pensé con insatisfacción que todo acabaría en ese instante: ella se volvería entonces una excusa más, un medio más, un objeto sin vida desprovisto de otras sensaciones. Cerré los ojos, controlándome. Ella malinterpretó mi temblor y retrocedió hasta tropezar con una silla.

—Vete ahora —dije.

Cuando abrí los ojos ya no estaba. Pero hasta mucho tiempo después, con un silencio ya antiguo, no pude reaccionar: llegó la noche, la noche completa, con su propio silencio, su oscuridad invasora, su cansancio.

Soporté la ausencia de alivio: volví al piano y toqué con sordina. Percibí el calor del asiento —su calor, olvidado allí— y me mantuve alerta, tenso, expectante.

Hemos caminado hasta su casa: le gusta hacerlo, es fuerte y ágil. En su apartamento de Juan Bravo todo es similar: hay desorden, pero plagado de color, como un paisaje del trópico; muchas habitaciones pequeñas, lámparas ocultas o demasiado evidentes, escabeles en diversos tonos de mezcla, una alfombra roja con el tacto de la angora en el salón. Me ha sorprendido con su afición a la pintura: le gustan los temas geométricos, particularmente circulares o elípticos, sobre distintos fondos monocolores; me contó que había expuesto en una pequeña galería de la Costa del Sol, pero que apenas lo consideraba un pasatiempo. Todo lo demás está repleto de muebles de diseño: es una casa curiosa, parece preparada para una multitud de seres invisibles, porque todo tiene uso, todo es variado y se repite —interruptores inútiles, luces sin significado, butacas en ángulos que nadie ocuparía, pantallas verdes de televisores, incluso el simulacro de una chimenea—, pero apenas hay espacio real para que convivan a gusto más de dos personas con sus respectivos cuerpos. Su decoración, como sus cuadros, es un vértigo, y éste se prolongó en la bebida. Al principio hubo vermuts y brindamos, ella agazapada en su sofá rosado de cojines malvas, sin zapatos, como un animal doméstico. Los vasos chocaron y Verónica pronunció la primera intimidad:

—Por los desconocidos.

La frase me sorprendió y traté de indagar:

—¿Quieres decir que es mejor no conocernos mutuamente?

—¿Tú no piensas lo mismo?

Sellamos el pacto: pensé que también se puede firmar con un seudónimo. Aquel preámbulo me tensó: además, la notaba bastante diferente del otro día, deseosa de hacer algo inolvidable, con la necesidad urgente de la locura en su mirada. No permanecía quieta un solo instante: se levantaba, controlaba la comida en la cocina, volvía a sentarse, olvidaba el vaso, olvidaba la botella, parecía acorralada por algo distinto a mi presencia. En un momento dado puso música en el admirable equipo del salón: eran los *Preludios* que yo le había regalado. Me escuché a mí mismo tocar a través del tiempo y el espacio, lo que interpreté como una caricia invisible por parte de ella.

Sirvió la comida y cambiamos de bebida, un denso vino tinto en copas finas. En contra de lo que esperaba, comimos en absoluto silencio, salvo algunos comentarios sobre el plato —un asado que elogié merecidamente—. Pero nos mantuvimos fieles a nuestro pacto y continuamos desconocidos: en ella me pareció aquel deseo un exceso de heridas viejas; en mí, el temor a la primera.

No había vuelto a calzarse desde los vermuts, pero casi era lo mismo, porque había llevado zapatos planos. Vestía esa noche un moldeado conjunto rojo, tan tenso que pensé que conservaría su figura como un maniquí cuando ella se lo quitara: por encima era una flor y un escote sin tirantes, oblicuo, dejando los hombros desnudos; por abajo, de nuevo tajante, con una horizontal prieta sobre la carne superior de los muslos, sus ubicuas piernas siempre descubiertas, ese día tras la fina oscuridad de unos panties negros y lisos. Iba elegante y maquillada, pero sus manos continuaban desnudas y limpias, las uñas como uñas de muchacho.

La cinta llegó al final y un mecanismo sin inteligencia la hizo retroceder. Por entonces ya no nos importaba la repetición de la música: habíamos empezado a crear una leve incomodidad con las miradas. Volvimos a brindar y dije:

—Por el placer.

Ella no lo repitió. Entrechocó su vaso y dijo también algo, aunque muy distinto, con cierto acento de tristeza:

—Por la Hermandad de los Amantes de la Música.

De repente tuve ganas de descubrir su pasado, de saber por qué se hallaba tan herida, de espiar en la historia que no quería contarme, pero me sentí más impúdico que si deseara su desnudez. Bebimos sin dejar de mirarnos y el silencio pareció una burla tácita, el preámbulo a las risas o a los aplausos que suceden siempre a una broma excitante. Observé su figura frente a mí, en la mesa. Había escogido para la comida una enorme mesa de cristal trasparente, redonda, y sus piernas cruzadas parecían como hundidas en un lago de agua clara.

Cuando regresamos al sofá rosado y malva,

aún sin hablar, me ofreció coñac en una copa fantástica: pensé en todos los objetos que la rodeaban, en los colores y las formas rebeldes que escogía, en el contraste de geometría y tonalidades atractivas que reflejaban sus propios cuadros inundando las paredes del salón. Entrometido en ella, aunque en silencio, quise imitarla con una estúpida observación psicológica: «Le gusta todo lo exótico, pero hay algo dentro de ella que maldice ese deseo».

A los dos sorbos de coñac me sentí completamente liberado de pensamientos. Hice oscilar mi copa entre las manos hasta encontrar, como un joyero, el reflejo justo del licor, una luz mortecina semejante a la del propio salón. Dije:

—Los Amantes de la Música, como tú y yo, disfrutan solamente con experimentos.

—Adoro los experimentos —dijo.

—Pero odian mantener relaciones —continué.

Guardó silencio un instante sin perder la sonrisa: entonces extendió los largos y fuertes brazos desnudos sobre el respaldo del sofá.

—¿Así te llevas con tu chica de los sábados? —preguntó.

—Sí: ese es justo nuestro pacto.

Pareció interesada de repente por sus propias piernas extendidas hacia mí, o por algún punto en el suelo, más allá de ellas. Entonces murmuró:

—Tan sólo dime cómo se llama. No quiero saber nada más.

—Blanca.

—¿Es bonita? —aguardó un instante la respuesta, pero añadió, rápida—: De acuerdo, agoté mis preguntas, lo siento.

—Déjame preguntarte yo ahora y te responderé después —dije.

—Adelante. Lo que quieras.

—¿Por qué quieres saber si es bonita?

—Porque cuando hablas de ella, aunque apenas la menciones, tus ojos se iluminan como lámparas —contestó con suavidad, sin titubeos.

Medité un instante lo que había dicho. Ella malinterpretó mi silencio y añadió:

—Perdona: pura deformación profesional.

—No, me parece bien —dije—. Ahora voy a responder a tu pregunta: no. No es bonita.

La respuesta la hizo palidecer de una forma tan repentina y extraña que casi pensé que había entendido justo lo opuesto. Pero entonces dijo:

—La adoras, ¿verdad?

Mis ojos se perdieron en una larga mirada inmóvil. Mi mente se hallaba igual: fija en un punto sin significados. No respondí.

—Dios mío —respiró ella profundamente—, qué suerte has tenido. ¿Cómo la conociste? —se echó a reír sin transición—. ¡Hay que ver! ¡Quedamos en ser dos desconocidos y yo ahora salgo con este interrogatorio!...

—No importa —dije y agregué—: La conocí un día. No sé nada sobre ella, salvo que se llama Blanca. Ella tampoco sabe nada sobre mí. Nos reunimos los sábados y hacemos cosas...

—¿Experimentos? —sonrió.

Asentí con un gesto. Me sorprendió hallarme tan excitado: hablar de Blanca era como contar un secreto; y toda exhibición de un secreto tiene algo de placentera impudicia. Además, era la primera vez que hablaba con alguien sobre ella: en ese instante me asombró la monstruosa soledad que me había rodeado siempre.

—Tiene que ser maravilloso mantener una relación así sin pretender nada más que el goce... —murmuró ella—. Es la mejor terapéutica que conozco —sus ojos, húmedos y brillantes, estaban fijos en los míos.

—Ella nunca me habla...

—¿Nunca? —se mostró divertidamente incrédula.

—Nunca: ya no recuerdo cómo era su voz. Todo lo demás son cosas que hemos aprendido a fuerza de repetirlas. Yo las llamo «rituales».

—Gracias —dijo al cabo de un instante, en voz baja.

—¿Por qué?

—Por contármelo.

Llevó el borde de la copa hasta sus labios con la actitud de beber de un cáliz. Nos mirábamos en silencio. Al final, casi como si la pausa hubiera sido una especie de pulso entre ambos, sonrió con aire de derrota:

—Nuestra relación aún no es tan perfecta —dijo—: no hemos conseguido todavía dejar de hablar.

Me sorprendió el tono de repugnancia con que me lo decía. Sonreímos sin ganas y continuamos bebiendo. Entonces propuse:

—¿Hacemos experimentos?

—De acuerdo —replicó con suavidad.

Le pregunté si había pensado alguna vez en caminar a ciegas, en sentir, sólo en sentir, como si todo su cuerpo fuera una mano abierta.

—Dime cómo —susurró, conmovedora.

Le expliqué que sucedía a veces cuando se oye una música muy hermosa, o durante ciertos sueños. Entendió la primera comparación pero no supo a qué me refería realmente. Sin embargo, se mostró dócil y dispuesta. Le pregunté entonces, en voz baja, con un tono casi pueril:

—¿Te quitarías ahora mismo la ropa?

Durante un instante buscó en mis ojos algún indicio de broma. Después pareció recobrar la tranquilidad con la que estaba sucediendo todo. Dijo:

—Claro que sí.

Se puso en pie y se desnudó sin afectación. Fue casi un desnudo reflexivo, porque se detenía a veces como si quisiera meditarlo. Más tarde pensé que era su manera de evitar la expresión del placer que sentía al mostrarse poco a poco, sin excusas. Se desprendió del vestido rojo, deslizó los panties con dificultad a lo largo de sus inmensas piernas, quedó desnuda por completo —incluso pendientes, pulseras, reloj— con rapidez y eficacia, como en la soledad blanca de un cuarto de baño.

La ropa y los objetos se amontonaron en la alfombra y ella los reunió con sus pies descalzos. Cuando habló, sin embargo, mientras se echaba toda la espesa melena de pequeños rizos hacia atrás, percibí su temblor:

—¿Y ahora?

A mi derecha, cerca de donde me hallaba sentado, se erguía una lámpara de pie. Enfoqué su luz sobre el atlético cuerpo desnudo y la pared que había detrás se convirtió en pantalla de una sombra enorme de mujer, casi simbólica, repleta de curvas exactas, de pechos increíbles y oscuros donde los pezones destacaban más que en su propio cuerpo iluminado. Encontré un regulador y aumenté la intensidad de la luz hasta un grado de escenario. Verónica se protegió los ojos con las manos para mirarme.

Se hallaba alta y espléndida, los hombros firmes, los pechos copiosos, la cintura apretada por una argolla invisible, el vientre suavemente ondulado, la figura del ombligo como una perforación exacta, las caderas amplias, los muslos largos y firmes. El sexo formaba apenas un espacio de vello oscuro donde convergían las ingles.

—¿Tienes algo con que pueda vendarte los ojos? —pregunté.

—Espera.

Regresó con un largo pañuelo negro. Me levanté, cogí el pañuelo y le di dos vueltas sobre su rostro antes de atarlo con firmeza en la nuca, dividiendo inevitablemente su melena rizada. Ella se mantuvo de espaldas durante la actividad, y lo bastante cercana como para que yo la rozase. Y eso fue lo que hubo: roces; y creo que la electricidad fue mutua y ambos resultamos excitados por el contraste de tactos, mi pantalón de lana deslizándose con la indiferencia del aire sobre la redondez extrema y fuerte de sus glúteos, las mangas de mi jersey contra su espalda.

—Ya —dije.

Volví a sentarme y bebí otro sorbo de coñac. Ella no se había movido: me mostraba todavía su espalda, entre la inmensa sombra de la pared y yo, con las nalgas tan abultadas y prietas que la línea que las separaba constituía apenas una leve curva que parecía dibujada sobre la piel.

—Camina de un lado a otro —le pedí.

Empezó a moverse. No caminaba, claro: tentaba. Buscaba con los pies las oquedades seguras de la alfombra, vacilaba exquisitamente antes de cada paso, y ese titubeo era como un reflejo delicioso de su cuerpo, un molde trémulo de sus formas. Por ejemplo: no movía los brazos, los hacía vibrar como varas; los pechos se agitaban, pendientes y esféricos, con cada paso, como abultados adornos; las caderas se balanceaban con algo más que provocación consciente: un reflejo sin voluntad, como el paso casual de un hermoso caballo indómito. La seguí con la mirada, observando ya el rastro de sus huesos en la espalda, ya el escalofrío de sus nalgas. Dio la vuelta en un cierto punto, bajo mi mirada silenciosa, y regresó insegura por el mismo camino, las mejillas calentándose más allá de la venda. Dijo algunas cosas a las que no respondí:

—Me excita.

O bien:

—¿Y ahora?

O bien:

—¿Ya?

Su ceguera era como una cuerda que apretara sus músculos, como una red bajo la que se tambaleara, apresado, su cuerpo desnudo. Se hallaba indefensa como una obra de arte sobre una pared. Detrás, su sombra gigantesca me fascinaba.

—Ven —le dije por fin cuando daba otra vez la vuelta.

Supo de repente que no podía hacer preguntas: tan sólo moverse a ciegas. Se detuvo al oírme y avanzó torpemente hacia mí, o hacia su creencia de mí. Supo también no extender los brazos sino abandonarlos junto al cuerpo: esa atadura otorgó a su andar una cualidad casi obscena, una desnudez superior. Era como si me hubiese regalado la visión de sus propios ojos y yo contemplara su cuerpo con doble intensidad.

Caminó perdida hasta que su muslo derecho rozó el sofá donde yo me sentaba. Pero no le hablé. Giró su cuerpo adulto con torpeza y los pechos temblaron con el gesto. Las piernas golpearon el brazo del sofá y ella gimió: se aturdió un instante y volvió a girar, recorriendo la longitud del mueble y, al perderlo, mis propias piernas, el tacto endurecido de mis zapatos. Entonces se detuvo frente a mí. Jadeaba. Sus pezones se habían desplegado, recios. Todo su cuerpo transpiraba con un brillo oscuro y fuerte de metal.

Bebí un sorbo de coñac mientras la contemplaba. Hubiera querido no hablarle: que ella sintiera mi voluntad como un aura o el roce del viento. Decirle: «Aléjate» sin que la palabra surgiera, sin sonidos, como a mil metros de una oscura y enorme profundidad. La observé. Sus rodillas se tensaban, los dedos acariciaban los muslos distraídamente, el sexo permanecía cercano y aun así persistía pequeño, en la convergencia de los pliegues de la carne.

La abandoné a la mirada hasta obligarla a hablarme:

—¿Por qué no me tocas? —dijo.

Movió la cabeza: no supe si me veía. Respetó mi silencio con el suyo y se mantuvo en aquella postura, de pie frente a mí, rozando con los dedos de los pies la piel rígida de mis zapatos. Dejé pasar el tiempo, que sin embargo no transcurrió: pareció hacerse húmedo y lento como su cuerpo. Dije por fin:

—Siéntate frente a la mesa.

Abrió la boca como para replicar, pero giró con lentitud y se alejó de mí, un paso tras otro, hasta que su erróneo cálculo le hizo golpear con los muslos el borde de la mesa de cristal donde habíamos comido. Frotó su carne contra ese borde hasta encontrar la silla. Se sentó sin valerse de las manos, recogió las piernas, quedó erguida, esperando.

Entonces salí del comedor y entré en la cocina: no tardé en encontrar un tarro de mermelada de fresa casi lleno y dos cucharillas de café. Regresé con las tres cosas y las deposité desordenadamente sobre la mesa, frente a ella, que se tensó con los ruidos del cristal pero no habló.

Hundí una de las cucharas en la mermelada y la acerqué a su rostro. No la avisé: toqué su boca entreabierta y ella gimió y se retiró. Volví a tocarla con el borde dulce de la cuchara y se la introduje entre los labios: sacó un poco la lengua y la lamió con lentitud; erró en los gestos, y la mermelada se deslizó por su barbilla. Alcé un poco la cuchara y ella alzó la cabeza, persiguiéndola; se incorporó aún más, inclinándose hacia atrás en el asiento.

Con la mano derecha llevé la otra cucharilla, vacía, hacia su pecho izquierdo, mientras proseguía el juego en su boca. Rocé apenas el pezón erguido y ella volvió a gemir y se retiró hacia el respaldo. Repetí el gesto con ambas cucharas: hacia los labios y hacia el pezón. Se tensó, cerró los puños, se sujetó al borde de la silla como si se hallara cabeza abajo, a punto de caer. Sostuve su pezón tieso con el óvalo de la cuchara, como un bocado de algo: se hallaba tan recio que apenas se venció con mi suavidad; también muy sensible, ya que su garganta soltó un gemido leve, en sordina, apagado como la propia luz del salón, un conjunto de emes enhebradas que escaparon de entre sus dientes; la fresa que tentaba su boca se derramó otra vez.

Dirigí el pezón a un lado y a otro con el borde metálico; lo abandoné pronto. No supo en qué momento exacto decidí abordar el otro: percibí toda su piel erizada. No aparté la cuchara de su boca, pero jugué a hacerlo, provocando que ella la buscara. Volvió a gemir cuando rocé el otro pezón, acariciándolo con levedad. La sorprendí regresando al anterior de inmediato y golpeando su base rojiza: abrió mucho la boca, lamió el extremo de la cuchara que la atosigaba. Se movió entonces como si fuera a levantarse del asiento pero lo que hizo fue afirmarse más en él, respirando con fuerza. La dejé: me fascinó la tensión de su torso, los pechos alzados con la erección potente de los pezones, la boca enrojecida. Apretaba los muslos, pero los rocé con el frío tibio de la cuchara vacía y los separó de inmediato.

Allí, en la convergencia de los músculos y el pubis, distinguí su sexo rojizo, húmedo; ella temblaba; jugaba a repasar el contorno de su boca con la lengua manchada. Acerqué la cuchara vacía hasta un punto en el que su ceguera no podía advertirle de mi intención, y sin embargo la intuyó, porque juntó de repente los muslos. Los volvió a separar cuando la rocé de nuevo: tenía la piel erizada, como si la hubiese dejado a la intemperie toda la noche. Rocé su pubis con el borde metálico, vencí los vellos lentamente, me dirigí con absoluta paciencia hacia los carnosos pliegues ofrecidos, semiocultos. «Ooohh», murmuró, pero con una voz repleta de sinceridad. Me detuve y repitió su plegaria desde la profundidad de la garganta. Llegué hasta su intimidad con mis improvisados dedos curvos, romos, metálicos, desprovistos de tacto. Se venció cuando quise separar delicadamente sus pequeños pétalos, juntó de nuevo los muslos, se protegió el sexo con las manos, respiró con un sonido potente, como si hablara. No volvió a abrir las piernas, se inclinó sobre la mesa de cristal, derramó sus compactos rizos sobre la superficie, escondió la cara enrojecida.

Permanecí un rato observándola hasta que la vi sonreír.

He llegado a casa y me he entrenado de nuevo en la oscuridad del primer Opus 27. De repente me dejé llevar por la tentación de los sueños, y retorné a mi biografía falsa de Chopin, y en concreto a su estancia en Valldemosa.

Tuve una idea que fue casi una imagen: la soledad abre los ojos. La ciudad ciega, pero la vida en un remoto monasterio provoca complejas visiones, aun en el hombre sobrio. Por ejemplo, la luna: la he mirado (ahora está completa) y la he visto sólida y blanca como un ojo de mujer vieja. Eso me ha inspirado la continuación de los retazos oníricos de Valldemosa: Fryderyk Chopin escribe una carta al editor Pleyel, un poco antes o un poco después de remitirle el manuscrito con los *Preludios*:

«1839. Valldemosa.

Amigo Pleyel: me gustaría poder comunicarle que mi salud corre pareja a mi estado de inspiración, pero por desgracia no es así: mi cuerpo no me obedece, salvo las manos, que uso para escribirle a usted y para tocar. Estoy enfermo de tisis: vomito hilos rojos que trenzan un telar desde mis labios hasta las paredes de mi celda, incluso rellenan los filos de las teclas largas en el piano. Mi tos, amigo Pleyel, está resultando semejante a mis últimas obras: concisa, constante, seca, debilitadora. Parece la palabra de un hombre muerto. Me atormenta, amigo mío, la idea de terminar mis días en la caverna fría y oscura de esta celda, pero debo resignarme ante el destino que me aguarda. Y, sin embargo, qué contarle de mis visiones. Asómbrese ante esta revelación: George (Aurore) no existe. Ayer vi su rostro entero en la noche, fuera del monasterio. Quiero decir que lo contemplé en el cielo, gigantesco como Dios: el perfil lo formaban los árboles desgarrados, la luz de la luna y los jirones de nubes partidas. No le miento: la cara de Aurore abarcaba todo el cielo. Su ojo era el círculo albino de la luna, y su contorno un halo de estrella lejana; los labios eran la madeja de la niebla nocturna: tan enormes eran sus labios que al abrirse para hablarme me envolvieron, y aunque no entendí sus palabras, percibí el aliento helado de la noche y la humedad infinita de una lengua invisible. Regresé al monasterio empapado por ese beso descomunal, cubierto por el rocío de su boca.

Usted replicará para tranquilizarme: ¡no existe, sólo es una visión! Yo le respondo: precisamente por eso me tortura. Es una visión, en efecto, y, por lo mismo, inalcanzable y perfecta como la música o la propia luna.

El terror de un sueño es su absoluta indefensión: se tiende junto a nuestra conciencia como un perro blanco, escuálido y fiel.

Todo lo que no existe permanece para siempre.

Mi cruda enfermedad, que casi palpo en mi pecho, me llevará a la muerte, pero ¡ese sueño inagotable y vacío que levita por encima de mi cuerpo moribundo...!».

Toco el primer Opus 27 y la noche se cierra sobre mí. Debo volver con Verónica: necesito encontrar un camino seguro y firme en medio de esta noche eterna. Pero, ¡Dios mío, el luminoso sueño de Blanca! Abandonarla es tan imposible como ella misma.

Estamos contagiados de silencio: Lázaro y yo no nos miramos al vernos durante las breves ocasiones en que nos cruzamos al entrar o salir de casa. Pero en estos días ha invitado a un amigo a compartir su propia indiferencia: es joven como él, y es un gato; al menos, así es su rostro: ojos verdes de gato, pasos sigilosos de gato, encuentros inesperados de gato en los rincones. Sus labios son finos y rojos y sus pómulos altos y modelados, los rasgos con aires de oriental, el rostro creado para sonreír, el cabello muy negro y abundante, rizado, lleno de brillo. Son como dos duendes: Lázaro y él —no sé aún su nombre— avanzan con rapidez suave por los pasillos, y al encontrarnos por sorpresa apenas si nos saludamos. No sé qué es lo que más me molesta de todo: quizás que su amigo también participe del juego de la indiferencia. ¿Qué hacen juntos? Ha dejado de importarme.

En su día ya abandoné todo interés por insistirle a Lázaro para que estudiara: sé que lleva varios meses —quizás más de un año— sin acudir al colegio donde tantos cursos ha repetido. Hace tiempo que me he acostumbrado al trámite de pasarle una pequeña cantidad de dinero para sus gastos diarios sin hacer más preguntas. Por lo mismo, apenas me interesa lo que hace o con quién lo hace, adónde va cuando sale por las noches y dónde pasa estas últimas cuando no regresa. Así que tampoco me importa la compañía que traiga a casa.

Mi tiempo, breve y ocupado como el de un moribundo, no me deja oportunidad para interesarme por su vida. Salvo por sus recientes coqueteos con la droga, sé que Lázaro puede cuidarse por sí mismo.

No son necesarias las explicaciones entre nosotros.

He querido seguirla con lentitud, como corresponde al ritual, y mientras lo hacía pensaba en el mismo símil: la música no requiere ojos. La seguí ayer sábado sin dificultades: había nubes negras que apresuraron la noche y cierta atmósfera resbaladiza de lluvia. Su pelo blanco, traicionado por las luces artificiales de la calle, resultaba llamativo; se desplomaba denso sobre su figura envuelta en ese vestido negro y entallado de chaqueta y falda ceñidas, esta última con la profunda abertura en el costado que cierra tan sólo un grueso imperdible dorado, aquélla con un elegante corte muy femenino, estrecha en la cintura, sosteniendo un broche con la figura de un ojo egipcio bordeado de *khol*. Después, el resto de los detalles: las gafas negras, de cristales grandes y opacos; el bastón blanco sin empuñadura con el que tantea la acera mientras camina; las medias negras, preciosas, llenas de reflejos; seguramente el portaligas debajo, su única prenda íntima; y los guantes blancos de doncella elegante.

Su ceguera es real, pero sólo yo sé la razón: lleva una venda bajo las gafas, muy ajustada, presionando sus ojos cerrados, invisible debido al tamaño de los cristales y al pelo que se agolpa alrededor de su rostro.

Hemos ido juntos hasta las calles del centro y nos hemos abandonado a una lánguida persecución: ella ignora cuándo le daré alcance, ya que su maravillosa lentitud al moverse lo deja todo a mi voluntad, eso es lo único que varía con cada ritual. Sonrío como siempre al comprobar que la gente se aparta para dejarle paso e incluso algunos parecen ofrecerle ayuda en los cruces. La piedad que despierta no me parece sólo divertida: ella camina a ciegas, verdaderamente. De igual manera, su recorrido no es una elección consciente: hay algo de instinto en sus pasos, en la decisión de doblar una esquina o seguir calle adelante. Nunca elegimos un rumbo: ella se tambalea por las aceras, sumergida en su negrura elegante, destinada a encontrarse conmigo en algún punto; su ceguera me aguarda, y eso me estremece.

Mientras la sigo —manteniendo la distancia—, me gusta imaginar que no la conozco, que me ocurre como a todos los que la observan, que de repente puedo cruzarme con una muchacha ciega y hermosa como ella, de cabellos tan puros y traje enlutado.

En cuanto a ella, ¿qué siente? La imagino húmeda. Pienso que entre sus piernas se extiende cada vez más la sensación de calor de una presencia que la sigue. Envidio su terrible incertidumbre: los roces casuales, las palabras que oye desde labios extraños, el aliento repentino de alguien junto a ella, tantas amenazas leves en esa oscuridad por la que camina, sintiendo su cuerpo desnudo bajo el decorado de un traje clásico, sabiendo que yo lo sé, y que estoy tras ella. Tanto le daría, a mi entender, mostrarse desnuda frente a esos ojos que la compadecen: porque realmente ella no puede verse, siente tan sólo el frío entre los muslos, bajo el débil corte de la falda, frío sobre el calor de su vientre, frío en las nalgas descubiertas, frío en el torso sin ropa oculto por la chaqueta. Su vergüenza ya existe, porque no puede cerciorarse de que nadie sabe la verdad salvo yo. En el fondo es una máscara: al verla avanzar a pasos cortos, medidos, golpeando el suelo con la punta roma del bastón, me dan deseos de gritar: «Oh Dios, es una pequeña puta desnuda con los ojos vendados; cualquiera, en cualquier momento, puede tomarla: ni siquiera protestará; cualquiera, en cualquier momento, puede hacer con ella lo que yo voy a hacer».

Tantea en las aceras: la inexperiencia la obliga a caminar con tal lentitud que tengo que entretenerme en disimular frente a varios comercios para no alcanzarla y terminar el juego. Tampoco sé lo que haré: existe el acuerdo tácito, que se ha hecho costumbre, de que será algo violento, inesperado, humillante; pero la perenne amenaza de testigos me impulsa a ser prudente y aguardar la mejor ocasión.

La vi llegar hasta una esquina y situarse frente a un paso de cebra, rechazando con silenciosa amabilidad los ofrecimientos de varias personas para ayudarla a cruzar. La calle, próxima a Recoletos, es concurrida pero pequeña. Me acerqué hasta una distancia que a nadie intrigó y me entretuve en contemplar su silueta inmóvil. Justo entonces comenzó la lluvia.

Fue como una improvisación más en nuestro ritual: al principio breves gotas, después un recio aguacero. Alguien —un hombre elegante y apresurado de aspecto extranjero— se acerca a Blanca y le dice algo: entonces ella se deja conducir dócilmente hasta la protección de una cornisa cercana a la mía. El hombre la abandona, y pronto la calle se convierte en un río negro de coches inmóviles y gente que huye. La contemplé: se hallaba a dos metros de distancia de mi mano derecha, tranquila, erguida, con las hombreras de su traje manchadas de lluvia, los dedos enguantados sobre el extremo del bastón.

Todo se transforma en una neblina fugaz, como el tránsito hacia el sueño.

(En la partitura: più mosso en crescendo hasta llegar a un appassionato fortísimo.)

Es la hora de mi propia ceguera: la calle a nuestro alrededor se vacía pronto; sólo una pareja de jóvenes escoge la cornisa más cercana para protegerse de la salvaje fuerza de la lluvia, pero no importa. Me acerco más a esta muchacha ciega, que no me conoce, que no me espera —y en algún instante esto puede llegar a ser cierto—, con los zapatos negros y altos tan mojados, su extraño y elegante traje de luto, su porte distinguido y la excitante evidencia de su indefensión.

Me acerco y ella lo nota: no sabe quién soy, aunque me supone en toda presencia repentina; su rostro se alza, con las grandes gafas negras, los labios muy rojos y entreabiertos, la expresión preocupada de una dama solitaria, aunque confiada. No puede verme, pero me mira con exactitud.

Me acerco y permanezco adrede muy próximo a ella, mientras a nuestro alrededor las aceras estallan con la lluvia. Estorbo su cuerpo, la empujo levemente, se tambalea sin peligro, su lengua repasa cándidamente los labios, baja de nuevo la cabeza con cierta resignación inconsciente. Permanezco así, a una distancia tan íntima de su cuerpo que ya todos los que pueden vernos nos suponen juntos. En un momento dado, llevo mi mano abierta hasta su trasero y aprieto con fuerza sobre la falda: está desnuda, es fácil descubrirlo. Si la lluvia la empapara, ni siquiera el vestido podría ocultarla por más tiempo: dibujaría su cuerpo como otra piel. He oído su respiración, pero no ha gemido siquiera. La sorpresa de sentirse tocada de repente la impulsa a moverse: da dos breves pasos pero se detiene y retrocede. Manoseo su culo sobre la falda una y otra vez, y mi ímpetu la empuja de nuevo hacia delante. Entonces la abandono. Ella no me abandona a mí.

Miro a mi alrededor: hay bares cerrados, comercios oscuros, un portal y una cabina telefónica, todo bajo la agresión de la tormenta. Entonces, sin prevenirla, la cojo con fuerza del brazo izquierdo y avanzo hacia la calle desprotegida. Al moverla casi resbala sobre sus tacones, pero no me preocupo demasiado y de un tirón la hago avanzar. La pareja de jóvenes ya se ha marchado, corriendo de cornisa en cornisa: mejor así. Tras un breve instante de lluvia recia entro con ella en la cabina telefónica cercana. Al cerrar la doble puerta percibo aún más la tremenda humedad de nuestras ropas empapadas. Fuera, tras los rectángulos de cristal protegidos por anuncios, el mundo ha empezado a derretirse en negro; la gente sólo existe cuando alguna luz la ilumina, pero incluso entonces todo se resuelve en breves siluetas. Me arriesgo a pensar que, al menos durante un instante, dispondremos de intimidad.

Por supuesto, no hablamos: la empujo de cara contra una de las paredes de cristal y sus gafas golpean el vidrio; se aplasta contra él y eleva los brazos, las manos enguantadas arañan siempre en silencio la superficie; el bastón de ciega resbala dos veces y choca en dos esquinas.

El lugar no deja suficiente espacio para nuestros movimientos, pero tampoco necesito demasiados: me uno a ella con la misma fuerza que ella lo hace con el cristal; mi mano derecha atrapa su cintura y la sujeta, percibiendo el mecanismo creciente de sus jadeos; la mano izquierda tantea su falda con violenta torpeza, la desgarra tirando con fuerza desde el grueso imperdible. Ella, inmóvil, de espaldas, no se protege.

Vigilo el cristal opuesto: algunas figuras se acercan. Abandono su falda un instante, simulo abrazarla, descuelgo el auricular, las figuras toman forma, pasan junto a nosotros, nadie nos observa, o quizás alguien, pero nuestra ternura no les interesa.

Cuando se alejan, vuelvo a empujarla y le arranco la falda del todo, aunque la presión de mi propio cuerpo contra ella impide que la prenda se caiga. La estrechez de la cabina se llena de vaho y empezamos a respirar nuestros propios jadeos. Imagino hacer sexo bajo sábanas de acero, en pulmones artificiales, o en alguna profunda máquina submarina: violar a Blanca entre los abismos negros del océano.

Sus nalgas están ahora descubiertas: la debilísima luz de la calle las muestra como dos hermosas semilunas gemelas; las rayas negras del portaligas cruzan en vertical su carne tensa. Ella se aprieta aún más contra el cristal. Con la mano izquierda golpeo el interior de sus muslos, separándolos: Blanca colabora de forma tan dulce que casi parece burla, y abre las piernas todo lo que permite el pequeño espacio que ocupamos. Pero vuelvo a golpear el interior de nailon negro de sus muslos, cada vez con más fuerza; ella se equilibra a duras penas sobre los tacones, golpea la puerta metálica con un pie, se aturde por no poder abrirse más, flexiona un poco las rodillas y proyecta toda su intimidad hacia mí arqueando la espalda. La dejo así un instante: inmovilizada contra el cristal, las piernas en una uve inconstante, temblorosa, la desnudez ofrecida de sus nalgas. Cuando llevo mi mano izquierda hacia la abierta separación entre las cachas la veo apretar los dedos contra el cristal y resbalarlos con lentitud como las gotas de lluvia por fuera; el vaho de sus labios aureola la proximidad de su rostro; la mejilla derecha se aplasta contra el vidrio.

Finjo innecesaria violencia, jadeo sobre su oído, como insultándola, mientras mi mano busca entre los pliegues secretos de su carne. Palpo la cerrada roseta del ano y clavo allí el dedo medio; su músculo me ciñe, tibio como una boca, y responde a mi intromisión con leves sacudidas: me dejo envolver por esa carne y llevo mi dedo hasta el límite; los suyos, entre guantes blancos, se abren y cierran sin daño sobre el cristal de la cabina mientras ella exhala jadeos de enferma. Su gemido en sí no existe, pero todo en ella parece preparado para gemir: el cuerpo tenso, las piernas temblando muy separadas, el rostro golpeando el vidrio, la boca abierta, la lengua trémula, todo así, pero en silencio.

Cuando muevo mi dedo en el interior de ese guante de carne suave la noto temblar; juego con la inconsciencia de sus músculos, con el vacío que engulle mis falanges dentro de ella: distiendo los contornos de ese ojo con otro dedo y amenazo con introducirlo. El silencio le cuesta: se echa hacia atrás con tal violencia que mi hombro golpea el auricular del teléfono y lo desprende; la cabina se llena de un silbido leve y perenne, una sola nota electrónica, la o si, que grita como un niño lejano.

La presencia de gente vuelve a amenazar, pero no me importa: hundo en ese ojo ciego mi otro dedo; los gestos se repiten con más fuerza; su equilibrio es tan tenue que se desploma sobre mí; su cadera derecha acaricia mi sexo sin voluntad pero con asombrosa eficacia; las gafas se desprenden solas, descubriendo la ceguera de la venda. Está hermosa así, abriendo la boca para morder lo invisible: el gélido vapor del cristal, su escurridiza materia, tan a salvo de nuestra obsesión. La beso en el cuello con un cariño que desmienten con violencia mis dedos dentro de ella. La veo alzar los brazos, las manos rígidas buscando el techo o alguna clase de ángulo donde sostenerse; el balanceo creciente de sus caderas ha terminado con el equilibrio de la falda, que cae sin ruido. Pronuncio algunas palabras a su oído, insultos, humillaciones, mientras mi orgasmo acude con enloquecedora rapidez. Ella no sabe cuándo finalizará mi placer, en qué instante la dejaré: la exquisita conciencia de ese hecho acaba con mis fuerzas y gimo mientras mi cuerpo se estremece y noto una densa y tibia lengua ensalivando mi vientre.

Blanca, mi locura.

Ella permanece con las piernas abiertas, semidesnuda, aun cuando ya he retirado mi mano y me he apartado de su cuerpo; se halla rígida, helada y húmeda como el cristal sobre el que se apoya. Vuelvo a besar su cuello, recibo su hermoso perfume, cierro los ojos y la amo así, durante esa fugacidad, como un nuevo orgasmo.

Regreso hasta el coche con lentitud, bajo la lluvia. Los letreros luminosos de la calle se diluyen en mis ojos: la lluvia a veces es un artificio del llanto, y en ese instante imito a la tristeza y lloro sus gotas continuas. Pienso: «Todo puede ser arte, y todo arte es falso». Y concluyo: «Por eso te amo, Blanca».

Cuando entro en casa y me enfrento al silencio íntimo del salón, nada se me ocurre. Contemplo esa hogareña oscuridad con ojos cansados.

Ritual del encuentro

Nocturno en re bemol mayor opus 27 número 2

(En la partitura: lento sostenuto, iniciando el acompañamiento la mano izquierda con figuras de seis semicorcheas ligadas.)

De repente hoy lo he sabido: se han desplegado como alfombras todas las habitaciones, el dormitorio de Lázaro, cerrado y desocupado, la cocina casi innecesaria, mi propio dormitorio, ampuloso, con esa cama casi matrimonial donde apenas duermo aunque la habite. He entrado en casa y la he descubierto alejada de mí, no sólo vacía sino distante, como si lo observara todo a través de una lente de cámara o la mirilla de una puerta.

De vez en cuando identifico ese vacío: es como un espectro que me hechizara de mes en mes; pero su terror consiste en que dejo de creer en él cuando por fin me abandona. Finjo, por lo tanto, que no existe y que jamás regresará, y me considero felizmente solitario, incluso un hombre afortunado, me enmascaro en la sonrisa, cumplo con mi trabajo e ignoro esa presencia helada junto a mí hasta que por fin quedo atrapado por su mirada vacía cuando me encierro en casa.

Creo saber qué es, pero, sabiéndolo, no puedo conjurarlo: una vasta sensación de artificio. Imagino que a la dama elegante y romántica también le llega un momento parecido: frente al espejo, el carmín a punto en la mano, los collares y pulseras destellantes, los párpados nublados de azul; imagino que se mirará un instante de repente, o mejor dicho, que aquello que la mira a ella se dará a conocer en algún aterrador instante, esa mirada vacía desde más allá del reflejo, y pensará: «Toda mi belleza no son más que pinturas y adornos dorados». Y las propias lágrimas de la revelación, destruyendo su aspecto, le asegurarán la verdad.

Todos caemos, pero mi abismo es particularmente solitario. Apenas conozco seres: conozco hermosas postales. Me he dedicado demasiado a cultivar esos momentos que otros guardan en el recuerdo: me empalago de situaciones inolvidables. A mi alrededor han tomado forma, excesiva forma, esas ideas que los poetas dejan a un lado cuando finaliza la inspiración para dedicarse al vivir diario. Pero llega un momento en el que la poesía es inútil y la música no puede llenar todas las necesidades: entonces es preciso hallar sentimientos para aliviar la soledad.

He descubierto algo: no amo. Sin embargo, esta falta de un amor no es una negación —ojalá lo fuera— sino una afirmación en el vacío.

Amo a Blanca, y eso significa que no amo. Pero

no amo porque he derramado mi amor en el abismo, hacia su fantasma.

Quienes creen conocerme, quienes me oyen hablar de música, me consideran el último romántico, pero supongo que blasfemarían si contemplaran los aquelarres sabáticos de este romántico pianista. No lo soy: Chopin, por ejemplo —no mi Chopin onírico, el espíritu que me posee cuando lo interpreto, sino el cierto, el que alguna vez existió y tuvo manos que tocaron lo que su mente creaba—, amaba a los seres. Alguna vez amó también los ideales; pero los ideales son seres para el idealista, o al menos son cosas. Sin embargo, yo amo aquello que es absolutamente falso, quiero decir, aquello que, dentro de su falsedad, es ampliamente sincero. No soy romántico: soy un hombre enamorado del rostro de su soledad. Pero ahora que la contemplo, y que ella me mira con sus ojos vacíos, descubro que amar una ficción es el sacrificio más espantoso, porque nada se recibe a cambio. Este abismo no tiene ecos para tus gritos.

Y sin embargo, si huyo de ella, si huyo de Blanca, no hallo dónde entregar todo este amor, qué ser lo despertará para recibirlo completo y devolverme el suyo, su compañía, Dios mío, esa mirada intercambiada de afecto, o esas palabras únicas que se escuchan muchas veces después de oírlas.

Blanca me da la espalda en silencio: yo la amo así. Pero eso no es compañía.

He pensado en Verónica Arcos, pero la estoy

utilizando como a Blanca, para redimirme en ella de lo inaccesible. No puedo amarla, ni siquiera puedo sentir su presencia: es una figura más, como mi alumna Elisa. Todo se ha inmovilizado a mi alrededor: vivo en una isla plagada de hermosas estatuas. O mejor: inmensos salones vacíos.

No sé cómo regresar a la vida. Ni siquiera sé si lo deseo.

La repetición dispar de armonías, el uso exótico de adornos, los acordes que nunca se solucionan, que no alivian la disonancia, todo eso es música del futuro. No cabe hablar de Chopin como de un «romántico» ni de su obra como la banda sonora de un melodrama. No me hartaré de repetirlo, aunque, debido a mi escaso prestigio profesional, nadie lo escuche, ni mis alumnos, ni los doctos profesores que conozco, ni siquiera esos aficionados con los que charlo en los descansos de los conciertos: Chopin es únicamente música, y por lo tanto indefinible. La música, en palabras de don Alvaro Segura Ruiz, mi inolvidable profesor de teclado, es una mariposa única y jamás capturada que ha vivido desde el comienzo del mundo y que se extinguirá con el último sonido de todos. «¡No pretendas, Héctor», me decía, «clavar un alfiler sobre ella y clasificarla dentro de la brevedad enorme de las épocas!»

Así es el placer, pensé siempre, aunque nunca se lo dije a don Alvaro.

Mendizábal, con su sonrisa dental, se ha interesado por mis progresos con los *Nocturnos*: «Bien», le dije. «Ensayo todos los días.» Entonces me hizo pasar a su repleto despacho y golpeó con el índice un almanaque de horrendos números gruesos, donde las fiestas, en rojo, casi parecen amenazas. «La fecha prevista es el 13 de diciembre», me dijo. Yo ya lo sabía, pero fingí recibir la noticia por primera vez, quizás para no sentir su desdicha ante la pérdida de tiempo. Me explicó que el recital no puede retrasarse más, debido a que después llega Navidad y entramos ya en el año que viene, con todas las complicaciones que ello supone para la programación de otros conciertos. Me ha informado de que ya están listas las invitaciones, en tarjetas cerradas y rectangulares de cartulina elegante como avisos de boda: yo dispondré de una decena para entregar personalmente a quienes desee. El evento se anunciará además con la debida anticipación en carteles blancos con grandes letras azules: habrá un pequeño dibujo de teclas en la parte superior, o un atril, o ambas cosas, para que todo el mundo sepa desde lejos de qué va el espectáculo. Se colgarán carteles en las paredes del conservatorio, pero también en las universidades y en algunas escuelas. Habrá una pequeña nota, mucho más pequeña que las que anuncian a los muertos, para indicarlo también en los periódicos una semana antes.

Al final de todo esto me ha mirado con sus ojos afectuosos de pastor alemán:

—¿Todo bien? —dijo.

—Sí, muy bien —dije.

Pero sucedió algo: en el instante de mi respuesta el interfono de su despacho resonó avasallador. El perdió el interés por su pregunta y yo respondí al vacío y me despedí con rapidez sabiendo que ambos, por pura casualidad, habíamos caído de repente en el punto ciego del otro.

De improviso, en la tarde de mayor desconfianza y tras faltar a dos clases consecutivas, ha venido Elisa.

Yo estaba ultimando la lección con Luis Fernando, un niño de once años negado para las teclas pero voluntarioso como la frustración de sus padres, cuando oí que llamaban dos veces a la puerta, casi con urgencia.

No estaba preparado para su llegada: me saludó sin mirarme, dejó la mochila en el suelo, aguardó en una esquina del salón hasta que el niño se marchó, sacó sus partituras y me las mostró como una baraja.

—Elige tú —le ofrecí.

Escogió a Czerny y se dirigió al piano: su sonrisa estaba repleta, como si dentro aguardara un conjunto de frases que sólo esperaban el momento propicio para sonar. Llevaba la camiseta exagerada de siempre, los zapatos deportivos, los perennes rizos africanos. Al sentarse frente al piano me miró, y odié la insinceridad de mi expresión en comparación con la limpia sencillez de la suya. Desde ese instante no volvimos a observarnos los ojos a la vez: yo, confundido y avergonzado; ella quizás temerosa.

(En la partitura: variaciones en acordes dobles, espressivo.)

Antes de comenzar a tocar, y con el talante riguroso y divertido con el que un niño ordena su cuarto, se quitó las gafas metálicas, que dobló cuidadosamente y abandonó sobre la mochila; entonces se inclinó y, con preciosa lentitud, se desabrochó los cordones de los zapatos, se despojó de ellos, descubrió sus pies e introdujo los calcetines doblados en los zapatos. Suspiró profundamente, se llenó de rubor, contempló el teclado sin interés, jadeando, con las manos en la cintura, como si se hallara a punto de sumergirse en el agua y realizara ejercicios para retener aire. No se me ocurrió pedirle que se apresurara: ni siquiera quise molestarla con mi sombra. Me retiré detrás de ella, me alejé y tosí levemente para indicarle mi segura distancia en el salón, removí algunos libros, la dejé pensar.

En ese instante se incorporó un poco y recogió el borde de su camiseta, tirando de ella con suavidad, como si abriera una flor inmensa: la llevó hasta sus pequeñas caderas, que se desvelaron desnudas; después hasta el espacio más angosto de su cintura, donde la envolvió y ató perfectamente. Hojeé un fajo de partituras y di un breve paseo alrededor del salón mientras lo hacía, lejos de ella. Su rostro seguía herido por huellas rojas.

No me acerco cuando empieza a tocar: su imagen es tan violenta, con las piernas de adolescente desnudas, la impudicia blanca de las bragas tensas en su carne, que parece imposible. Su figura, como los espejismos, pide ser contemplada desde lejos.

Mientras toca todo el primer estudio, muy inclinada hacia las teclas, oigo abrirse y cerrarse la puerta de la calle, y su sorpresa me trastorna un segundo: Elisa, ajena a la interrupción, continúa tocando. «Lázaro», pienso. «Es Lázaro, pero no importa.» Realmente no importa, porque nunca me interrumpe. Apago todas las luces salvo las que crean la penumbra y regreso a mi puesto de observación.

Verla hacer música así es un regalo: sus piernas tensas, los muslos sin rastros, la curva pronunciada de sus perfectas nalgas, la espalda arqueada, los rizos disfrazándola, los pies descalzos que se apoyan indistintamente en los pedales, la respiración apremiante que se refleja en su reducido vientre, su rostro cubierto de rojo, serio y hermoso como el de una princesa enferma. Completa el primer estudio, se detiene, comienza el segundo sin buscar mi aprobación.

Toca. Se equivoca terriblemente al tercer compás. Lo deja.

Recuerdo el juego de las prendas: si fallas, debes pagar. Eso es lo que parece proponerme Elisa en un silencio asombroso.

Deja de tocar y, siempre sin mirarme, fabrica espirales lentas con la cinta de sus bragas, la afina detrás, ayudada por ambas manos, hundiéndola hasta perderla entre las masas tibias que la rodean: ha ensayado su ejercicio y lo realiza rápido y sin errores. De perfil, la prenda se convierte en una cinta cortante que divide su carne. Tira de ella para tensarla más, aun por delante. Se detiene y parece pensar algo muy desagradable de sí misma.

Entonces, con gesto rápido, alza su camiseta hasta la cabeza: costillas, líneas del sujetador, el cuello donde compiten pequeños músculos, todo se descubre con el gesto. Pero éste ha sido tan adulto que me sorprende más que su desnudez: echó la cabeza hacia atrás, cerró los ojos, abrió la boca ligeramente, deslizó la camiseta por ese rostro excitante, por las mejillas inflamadas, por la frente, por el obstáculo leve del cabello.

Ahora sí la veo temblar: continúa el ejercicio con mucha menos pericia pero con extremada lentitud, como si temiera romperlo.

Está desnuda, más desnuda que su cuerpo sin ropa: las bragas son un cordel blanco y tenso, una deliciosa incomodidad que ocupa ya tan sólo el espacio íntimo entre sus piernas; el sujetador también parece irreverente: es grande y apropiadamente casto, pero su propia virginidad ensucia toda contemplación como la mía. Sólo la ocultan ambas prendas, y esa es precisamente su increíble desnudez. Me acerco: los detalles de su cuerpo se multiplican, su carne se hace más imperfecta, más evidente; toda ella pierde la cualidad de imagen y se vuelve real: una chica de catorce años con su escasa ropa interior blanca. Pero mi mirada es lo terrible.

Se detiene aún más en los pasajes difíciles, reanuda el ritmo con la cautela del que marcha por terreno inseguro. Parece no importarle que me acerque mientras toca. Conoce mi promesa de respetarla y sabe que la cumpliré: extender mi mano hacia su hombro desnudo sería transformarlo todo, convertir su figura en un medio, no en un fin. A partir de entonces sobrevendría la repugnancia, se concretaría la perversión. Lo sé, y es pavoroso que ella también lo sepa.

Pero su juego resulta enervante: vuelve a equivocarse sin remedio y deja de tocar con la rabia acumulada en su rostro. Su gemido al tantear el broche del sostén en la espalda suena fatigoso y grave, como el de una gimnasta al final de un difícil ejercicio. Lo desata y busca quitárselo, aunque sus manos lo mantienen aún sobre los cónicos pechos. Permanece así, en el último gesto, jadeando con fuerza, los ojos cerrados. Me acerco más. Los extremos del sostén se derraman a ambos lados de su cuerpo, me muestra la espalda desnuda por completo, la perfección de los omoplatos, la línea exacta y flexible de la columna. Las nalgas, también desnudas, se separan entre la rigidez de la cincha de seda de las bragas. Por delante está oculta y cierra los ojos: imagen de pudor o lascivia, todo depende de la forma de mirarla.

Su silencio me hace pensar. Se me ocurre algo, o no se me ocurre: es un deseo que reconozco cuando ya existe y empieza a obligarme.

Quise besarla en los labios. Lo expreso así:
—Quiero besarte —dije.

Me inclino hacia ella y percibo su perfume suave, sus invariables jadeos, el temblor de dos diminutas medallitas que lleva colgadas del cuello, y que ahora la proximidad me muestra por completo: dos vírgenes de oro que se estrellan con dulzura sobre la piel débil de sus pechos, como una advertencia celestial. Me acerco a su rostro, percibo toda su piel erizada, preparo los labios entreabiertos y distingo los suyos sin tensión, gruesos, rosados, como un fruto partido: dentro, las blancas semillas. Pero entonces ella abre los ojos sin mirarme, y me detengo.

Sigo la dirección de esa mirada y la revelación me paraliza: contempla el piano, pero no exactamente el piano. Contempla su reflejo en el piano.

De repente este viejo compañero, esta amante negra y pulida que siempre he creído conocer, se me ofrece en su verdadera naturaleza, como una inspiración bíblica.

El piano, ese espejo negro y sonoro. Elisa, inclinada sobre él, se contempla reflejada en la madera: su vientre terso, las manos cubriendo las semiesferas del pecho, el rostro trémulo y blanco. Pero también descubro mi propio rostro junto al suyo. El piano nos transmuta en ébano precioso, su cuerpo desnudo y mis intenciones, tallados en esa lisura brillante, entre esas maderas nobles donde la luz se mueve como un relámpago constante o un golpe de ondas en el agua tranquila de un estanque. Y es en ese instante cuando nuestras miradas convergen.

Me hallo tan cerca de su rostro cuando ella se vuelve hacia mí que logro comprender el símil: sus pupilas también son de ébano, y me reflejan. Descubrir esta realidad aplaca mi deseo y me obliga a alejarme de su cuerpo con rapidez. Le doy la espalda y medito en el terrible hallazgo: una verdad que desconocía.

Esa verdad es que mientras hacemos música, o hablamos, o pretendemos besar unos labios, algo nos refleja desde una negrura distante. La perversión oscura, curvilínea, de los deseos. El pecado, el pecado quizás: mis propios pecados, reflejos en un instrumento negro, transformados y devueltos en fragmentos de armonías, pero pecados siempre. ¿Qué he querido hacer? ¿Convertir la presencia de esta niña en otro ritual más?

—Vete —murmuré; no sé cuánto silencio transcurrió hasta que hablé de nuevo, siempre de espaldas a ella—. Vete, por favor. Vístete y vete de aquí.

—No importa —la oí decir con profunda gravedad—. No importa —repitió.

Los breves ruidos me avisaron antes: cuando me volví, el sujetador ya estaba en el suelo. Los botones oscuros de sus pechos descubiertos se erguían hacia mí. Ella permanecía rígida, intocable, el pelo rizado sobre la mitad de su rostro, los labios grandes y entreabiertos.

—Sí. Sí importa —murmuré—. Es lo más importante de todo.

Sentada y desnuda y blanca, sólo la obscena intromisión de sus bragas entre unas piernas que ya eran de mujer, me miró sin comprenderme. Ella, una flor, ¿puede percibir acaso su arrebatador aroma? «Aléjate», pensé, «oh, aléjate.» Cerré los ojos, abandoné su mirada de asombro. Después he pensado: no hay solución. Vivimos en un mundo lleno de horribles imperfecciones. No volví a hablarle: le di la espalda lejos, en una esquina del salón. La dejé vestirse sin aliviar su vergüenza.

No recuerdo cuándo se marchó: el intenso calor de su cuerpo, su olor-calor, queda frente a las teclas. Ha hechizado el piano: incluso en su ausencia lo ha investido de una atmósfera íntima de dormitorio, de secreto de adolescente. He practicado el Opus 27, número 2, sobre esa sensación, y casi me ha parecido un allanamiento: cierro los ojos al tocar y es como si palpara los objetos de su cuarto mientras la aguardo en la oscuridad.

Nos hemos demorado hoy, indecisos, y al fin derivamos con lentitud hacia el Retiro. Allí empezó la soledad, el escenario de hojas caídas, la intimidad del paisaje. Ha comenzado el frío compacto y gris que pertenece a noviembre, y la tarde fue casi toda crepúsculo. Verónica no parecía ella misma: estaba envuelta en un abrigo del color de la tierra de otoño con el cuello levantado y botones dorados, sus piernas resguardadas en pantalones holgados de lana. Por detrás, alejándose de mí, su silueta era como la de un hombre de siglos pasados.

Hemos recorrido sin intención las veredas hasta divisar una pérgola vacía. Me agradan estos lugares: los domingos solía venir con mi padre a escuchar música en ellas. Soñaba con vestir de uniforme y hallarme allí arriba maniobrando las clavijas de los oboes. Incluso cuando no había espectáculo me atraía subir a ellas y explorar su vacío de tiovivo invisible. Hacia allí nos dirigimos en silencio. Una ráfaga de viento helado, removedor, avanzó las hojas amarillas un paso más, como piezas de tablero. Verónica atrapó las solapas de su abrigo y las unió bajo su rostro.

La pérgola estaba sucia de hojas, con el exacto aire de abandono que yo necesitaba. Sin embargo, había sorpresas: por ejemplo, las lindas y blancas columnas, muy delgadas, que se abrían en tres arabescos para sostener el techo, o el parapeto con grabados de metal que simulaban notas de pentagrama. Subimos por la pequeña escalera hacia su plataforma y todo se llenó de un recio tambor de zapatos contra madera.

Verónica se alejó hacia el parapeto metálico y contempló el parque. Entonces volvió a hablar. La conversación que hemos tenido fue extraña, y la transcribo:

—No aspiro a ocupar un lugar entre Blanca y tú —dijo—. Me da igual: ya he ocupado demasiados lugares incómodos. Estoy en tu bando porque quiero estar, y me iré cuando me parezca. —Las hojas, sacudidas por otro breve golpe, recorrieron la pérgola con susurros—. Así que así están las cosas —dijo.

—Pero yo no quisiera que te fueras nunca —murmuré.

Se volvió hacia mí y enfrentó mis ojos.

—No me vengas ahora con ésas —dijo.

—La gente piensa que soy un romántico —sonreí.

—Pero es falso.

Se recostó contra una columna, las manos en los bolsillos del abrigo. La madera crujió levemente: el sonido parecía una voz.

—Sé que es una contradicción —dije—. Si no hay una relación de afecto entre nosotros, no puedo impedir que te marches. Pero no quisiera que te fueras nunca.

—¿Qué buscas de mí?

—Escapar —dije.

—¿Escapar?

—De Blanca.

Sacó un cigarrillo. Fumó. El viento hizo desaparecer el humo azul entre sus labios.

—¿Por qué no lo dejáis? Me refiero a lo vuestro —dijo.

—No puedo.

—Me gustaría conocerla —dijo entonces—. A veces pienso que te la inventas.

—Y tienes razón —asentí—. Me la invento. Por eso no puedo escapar de ella.

Tardó un instante en decirme lo más importante que me han dicho jamás:

—He estado pensando acerca de ti, y he llegado a una conclusión: eres un compositor de relaciones, Héctor.

Enarqué las cejas sin comprender.

—Quiero decir que creas fantasías y las interpretas en los demás —explicó—. Y no te relacionas con personas sino con tus propias creaciones.

—Es cierto: he estado pensando eso últimamente.

—Eres un genio musical, como cree Lázaro —sonrió—, pero no compones música: te dedicas a obtener armonías en los seres que te rodean.

Me gustó arrebatadoramente la comparación.

—Soy un creador, en efecto —dije—. Pero cuando creo, libero: y todo lo que queda en libertad huye de mí, termina desapareciendo. Y no quiero que eso ocurra contigo.

El talante divertido de su mirada me gustó menos que su desprecio:

—¿Has creado a Blanca? —preguntó.
—Sí.
—Por lo tanto, Blanca no existe.
—No, no existe.
—¿Y a mí? —amplió la sonrisa—. ¿Me has creado a mí?
—En cierto sentido —afirmé tras una reflexión—. Sí, en cierto sentido.
—¿En qué sentido?
—He contribuido a crearte un secreto —dije.

Me miró completamente seria de repente, y fue como si la luz de la tarde iluminara la palidez en sus mejillas. No hubo rubor, sólo esa emoción gélida.

—Eres el individuo más extraño que he conocido nunca —dijo—. Y he conocido a muchos, y muy extraños, incluyéndome a mí misma —sonrió débilmente—. Pero tú no pareces pertenecer a este tiempo, ni a este mundo. Debo decirte que los primeros días pensé que estabas enfermo. Ahora estoy totalmente segura de que es así, pero no creo que vivieras mejor si pudieras curarte —contempló pensativa el extremo final, rojizo, de su cigarrillo; el viento levantó con fuerza los bordes de su abrigo—. Y lo primero que aprendes en psicología es que una curación puede llegar a ser también una forma de enfermedad.

La tarde concluyó con rapidez. No nos hemos besado, no hubo despedidas. Quizás sí: ella volvió a mirarme en algún momento, los ojos brillantes por algo, una idea o una lágrima.

—Nuestro pacto sigue en pie —dijo—. Dos desconocidos.

Pero no nos hemos besado.

Un beso siempre extingue algo.

Y además, pienso en el espejo negro y curvo que te refleja cuando te acercas demasiado.

La tarjeta con la flor apareció esta mañana en mi buzón, tan sencilla que me asombra pensar en todo lo que significa.

(En la partitura: regreso al tema; acordes en legatissimo que dejan paso a la segunda parte.)

Ayer sábado lo pensé mientras me vestía: ¿qué separa realmente a dos seres? La añoranza, el sueño de un encuentro próximo, premonitorio.

Mis nervios parecían sinceros: iba a verla, por fin, tras una espera infinita. Un encuentro es la única forma de unión: todo lo demás, aun la convivencia, nos separa. Eso he pensado mientras me vestía —camisa, corbata, traje oscuro— y miraba la hora y mi ansiedad aumentaba casi sin objeto, químicamente.

He salido con tiempo. Adquirí el ramo de rosas tiernas en una floristería conocida y cogí un taxi para ir al aeropuerto. ¿Qué otra cosa puede mantener la ansiedad del encuentro cercano? ¿Qué lugar mejor, qué atmósfera más propicia que el anonimato de los transportes públicos y de las grandes salas repletas de ecos y de rostros confusos para recibir todo el impacto de un regreso deseado? ¡Saber que ella me esperará! Era tan excitante que apenas podía pensarlo sin estremecerme de placer. Repaso con los dedos los pétalos de las rosas y sus tallos peligrosos, interrumpo el silencio constantemente con el roce del plástico que las envuelve, consulto el reloj: su avión —invisible, imposible— llegaría a las cinco en punto. Ya casi eran las cinco: cinco minutos para las cinco. Cierro los ojos sobre la luna del reloj y pienso en ella.

Saber que hay alguien que me conoce y que sonreirá al verme entre un millón de miradas frías. Pensar: estará allí, y casi verla ya, encontrarla ya, mientras viajo hacia ella lleno de deseo.

—A Llegadas Internacionales —dije—. Y todo lo rápido que pueda, por favor: su avión llega dentro de cinco minutos.

El hombre sonrió hacia el retrovisor: vio el ramo de rosas y percibió mis nervios.

—Pero no se marchará sin usted, hombre —dijo, divertido.

Contemplé el retrovisor, donde sus ojos me guiñaban.

—No —tragué saliva de puro placer—. No se marchará. Estará allí.

Baste con decir que en Barajas se hallaba la gente correcta, los rostros sincronizados con el desprecio justo, la ansiedad que despierta el tráfico inmenso de caras desconocidas, de abrazos que no nos pertenecen, de miradas confusas que nos traspasan, que no nos ven.

Debo decir: ella estaba... Pero no, porque se obró el delicioso milagro de contemplarla sin saber que era ella: y, consciente de mi error, siguió inmóvil, sin hacer ningún gesto de saludo. Sin embargo, allí estaba, reflejada dos veces frente a los amplios cristales de las puertas de salida, solitaria. Qué decir entonces de su primera imagen consciente dentro de mí: unir la ansiedad de no verla al principio y el instante preciso de hallarla.

Ella, allí, esperándome.

Vestía una chaqueta rosada, del rosa llamativo de ciertos pájaros exóticos, con hombreras rectas y solapas y botones blancos; la falda se ceñía hasta un poco por encima de las rodillas; la silueta delgada de las piernas estaba cubierta por medias de un color crema tan suave que parecía blanco, pero sin la ofensa de la blancura. Sujetaba un pequeño bolso de mano y llevaba un sombrero de alas amplias que se inclinaba sobre su cabeza, rematado por una cinta rosada y una flor de artificio: bajo él, la mata de cabellos blancos bien peinada y recogida atrás. Traía el rostro velado a medias por sus gafas de sol. Sus labios se abrían en una sonrisa inmóvil.

La sonrisa del encuentro.

Viajeros que pasaban junto a ella la miraban con curiosidad: era una mujer elegante.

Y me esperaba. De entre toda la marea anónima de seres que no importan, ella, allí, elegante y sonriente, estaba dedicada a mi presencia.

Imaginamos frases de saludo que no hemos pronunciado (porque nuestro ritual exige silencio), pero el abrazo tuvo el mismo valor: el gesto, casi siempre torpe, que se recuerda toda la vida, la improvisación desmañada del cariño. Su sombrero se ladeó un poco mientras la estrechaba contra mí, su perfume me invadió como un recuerdo, sentí sus manos apretarse contra mi cuerpo. Llorábamos sin fingir, como si en verdad hubiera transcurrido un tiempo abrumador hasta ese momento. La besé sobre sus lágrimas y la vi sonreír débilmente.

El ritual no es una mentira sino la repetición de una costumbre creada en el silencio. Puedes escuchar esa misma música una y otra vez: cuanto más lo hagas, más te gustará. El verdadero problema es que nuestros placeres se resumen siempre en uno solo, unánime. Y vivimos y morimos creyendo que sólo existe un paraíso.

Creyendo que, ya que hay una sola muerte, la vida no tiene por qué ser múltiple.

Pero hay muchas clases de placer en el mismo placer y muchas clases de vida en la misma vida: lo pienso mientras caminamos abrazados hacia la salida, el ramo de rosas entre sus manos —manos enguantadas en blanco con guantes que se cierran con un broche en las muñecas—. ¿Cuántas veces hemos repetido este juego extraño? No lo recuerdo. Pero cada una —ésta ahora mismo— me parece única. Imaginamos frases pero también gestos; gestos y deseos. Nos acomodamos en el asiento posterior de un taxi invadidos de felicidad, con esa alegría que pronto se contagia, que se reproduce en otros o provoca la envidia, repleta de risas casuales. Menciono el nombre de un motel de carretera cercano a Barajas y le explico al conductor cómo llegar; quizás éste se intriga un poco, porque nos contempla —siempre desde el rectángulo del espejo transformado en un par de ojos— sólo por un instante pero con una fijeza insoslayable. Sin embargo, es lo mismo, porque un aura de libertad y de goce nos aísla: durante el trayecto nos envolvemos en abrazos.

Blanca se desnuda el rostro, aunque cierra los ojos: una de sus manos cubierta de seda sostiene todavía los cristales negros de las gafas mientras su brazo rodea mi cuello tras el respaldo del asiento; la otra me atrae por la nuca con lenta dulzura. La beso en la superficie de los labios y me empapa de rosa y de sabor a perfume. Enseñamos las lenguas y nos tocamos con ellas, los alientos se unen en una calidez central, mutua, que crea como una tercera boca que respirara. Ella recuesta su cabeza en mi hombro; el sombrero, desprendido, forma un círculo rosado tras ella, sus alas retiemblan con la brisa de la ventanilla.

Blanca ha cruzado las piernas, ofreciéndome la suave curva de malla de su muslo derecho por encima, bien descubierto. Sobre esa piel brillante deposito mi mano y aprieto hasta sentir que incluso su fuerte músculo obedece. No permitimos que esta caricia interrumpa el beso, el abrazo dulce, el ansia que ya no es fingida: porque hay un punto tras el cual dos bocas que se humedecen juntas crean un deseo aunque antes no existiera. Busco entonces más allá de la media, en el extremo del muslo: introduzco la otra mano por el borde tenso de la falda, la hago subir más, alcanzo los límites de su piel desnuda. Me deshago en el sabor de su lengua mientras acaricio la carne bajo la falda, el liguero recto y tenso, la ausencia —que se hace exquisita, notoria— de otra prenda íntima. Todo me excita: pero no la caricia en sí, sino la presencia de ella —que sea ella a quien acaricio, aunque su tacto simule el de otras—, la mirada curiosa en el retrovisor y la fantasía que refleja, nuestro propio teatro y su transición suave hacia la realidad. No hay amor, ni siquiera un verdadero deseo: pero las consecuencias son iguales.

Y por fin el motel, en una desviación previa a Madrid, inmerso en un área de largas y civilizadas casas. Ella permanece sujetando el sombrero entre las manos y dando vueltas lentas por el vestíbulo mientras yo arreglo los breves trámites. El ramo de rosas descansa en la mesa de recepción, que es de madera oscura y rojiza: alguien lo ve y sonríe. Yo sonrío también.

—Una sola noche —advierto al recepcionista: un hombre maduro, vestido de negro, que finge desinterés de la misma forma que nosotros nos fingimos interesados; todos llegamos a creernos nuestros papeles.

—Sí, señor —afirma él sin sonreír.

No nos enseñan la habitación: simplemente nos dan la llave. Es espaciosa. Echamos las cortinas y contemplamos juntos la cama: amplia, sin adornos, apenas una cabecera barnizada. Hay una sola mesilla y un jarro sobre ella: Blanca se dedica a llenarlo de agua y coloca allí las flores. Todo lo hace con lentitud de oración pero sin interrumpirse: en ningún momento queda ociosa, no hay un solo instante en que su silencio sobrecoja, posee toda la dedicación exacta de los que nunca hablan. Cuando por fin abandona las flores se desnuda. Se diría que sigue manejando flores: la chaqueta rosada, la falda de suave cremallera, las medias, la celosía blanca y dúctil del portaligas, todo cae sobre la cama con regularidad de nevada, en un silencio semejante a ella. Cada uno de sus gestos, aun los más naturales, tiene personalidad de ballet. La contemplo incansable, ya desnuda, mientras se tiende en la cama.

Se arrodilla frente a su propia ropa y, sin apartar las sábanas, se tiende desnuda por completo, bocabajo, el pelo suelto, y separa hasta el infinito las piernas.

Cierro los ojos. Los abro: esa pausa la ha transformado. La visión que ahora tengo de ella es totalmente distinta; su cuerpo parece un símbolo. Desde donde estoy, a los pies de la cama, distingo sus piernas separadas, tan separadas que casi cruzan la cama de lado a lado en ondulaciones de músculo tenso. Observo sus pies relajados, los dedos vencidos, situados en extremos opuestos, casi enfrentándose; las pantorrillas inmóviles; la esbelta contracción de los tendones en las corvas; los músculos del muslo ascendiendo suavemente, presagiando las esferas perfectas de las nalgas. Pero todo, aun el grueso desorden de la colcha o el cúmulo de ropa, converge en su mismo centro, ni siquiera en las temblorosas masas finales, ni siquiera en su separación, sino en la flor del estrecho orificio, ofrecido, revelado.

Más allá, su espalda y su cabeza oculta. La observo respirar.

Y lo más extraño: no encontrar obscenidad. Hallarla así, en esta posición abierta, las piernas casi hendidas, su última oscuridad iluminada y roja, sin que exista violencia ni fuerza. Muy al contrario: una inmensa ternura parece depositada sobre su desnudez, como un velo. La contracción de los músculos, que luchan por mantener esa abertura, ese ofrecimiento perenne hacia mí —mientras el tiempo transcurre con la lentitud del sol en la ventana—, no parece desagradable, ni siquiera esforzada: su propia voluntad silenciosa convierte toda esa molesta postura en algo natural, propio de su cuerpo.

(En la partitura: crescendo hasta el compás cua-

renta y tres; entonces descenso leve y regreso al tema en pequeñas notas, con forza.)

Me acerco entre el desorden de la ropa acumulada como tras una primera noche de amor; me acerco buscándola, buscando ese centro hacia el que todo señala. Me arrodillo entre sus piernas y contemplo esa mínima oscuridad. Desnudo mi cintura, mis muslos. Compruebo mi excitación, pero no es sólo su cuerpo ni el acto de su entrega: se trata sobre todo del ritual, de esa profecía cumplida del encuentro con ella y este postrer ofrecimiento completo.

Me acerco a su indefensa tensión: dejo caer mis manos sobre las sonrosadas cúpulas de sus nalgas; me inclino hacia su piel. Pienso que la estoy modelando: fabrico la redondez de esa carne con un gesto constante, enloquecedor, de las palmas de mis manos abiertas. Cuesta darles forma, tersura, enrojecimiento. Ella respira con fuerza, su cabello blanco abatido sobre la espalda y la almohada, el rostro hundido en las sábanas. Continúo apretando su carne firme, esas nalgas espléndidas y abiertas, y con los pulgares aparto sus curvas y descubro más el rojo interior.

Me tiendo entonces sobre ella, con cuidado: es un cuerpo pequeño, desnudo, joven; parece exánime, pero su tierna respiración le traiciona, así que cualquier brusquedad resulta un exceso. Me tiendo, vibrando de placer, sobre su espalda, apoyando mis manos en la cama, equilibrándome sobre la deliciosa suavidad de su piel. Mi sexo, sin embargo, no busca su interior. No: no se trata de consumar nada. Queda atrapado con incomodidad entre sus glúteos, señala endurecido hacia la concavidad delicada de su lomo. Le entrego el peso de mi cuerpo por fin: ella cierra los puños sobre la colcha.

No hace falta casi nada más: al abrazar esa figura cálida, delgada, al sentirla, ya en el extremo final de toda una tarde de ansias, no necesito ni siquiera de mis gestos. «Oh, por favor», pienso cerca de su pelo blanco, como si lo susurrase en su oído, «quédate así, déjame creer por un instante que esto es cierto.» Sus nalgas se abren como manos, como algo tibio que envolviera mi placer —quizás mejillas, o labios, o pechos mórbidos—. Apenas nada más: jadeo, gimo sobre ella con los ojos cubiertos, vivo un instante —el instante exacto, cegador, en que mi orgasmo escapa— la fantasía de hacerle el amor, el sexo fingido como nuestro encuentro o nuestros besos; transformo mi masturbación sobre ella en algo mutuo, y ella me ayuda con sus gestos fuertes, la contracción de todo su cuerpo al sentir que la riego con mi placer, sus brazos, que sujeto con fuerza de violación, sus espasmos, durante los que crispa las nalgas como si recibiera latigazos.

Al apartarme, aún jadeante, mi sexo permanece unido a ella por lentas gotas blancas que se derraman sobre su vértice, entre las piernas. Distiendo sus nalgas y juego con la caída lenta de la esperma por entre ellas. Blanca, Blanca, silenciosa, manchada, poseída.

Disfrutar teniéndote sin tenerte: eso es el placer eterno.

Todo lo sucedido ayer, en nuestro ritual del encuentro, me ha suministrado la inspiración precisa para la nueva carta que he compuesto sobre la vida onírica de Chopin en Valldemosa, dirigida a Pleyel. Fue así:

«Valldemosa, 1839.

Mi querido amigo: en mi celda adornada de rojo, dentro de mi roja enfermedad, vuelvo a soñar. Escuche con indulgencia mi fantasía, desbordada por la crecida de la fiebre. Imagino dos mujeres inexistentes.

A la primera la denomino La Que Siempre Huye: de ésta sólo observo su espalda y un largo vestido de gasa y tul con lazos azules como el cielo de verano que tanto añoro; es espléndida, y promete ser hermosa, pero nunca muestra su rostro: se aleja por el inmenso pasillo de piedra cercano a mi celda dejando un rastro de algodón y perfume mientras huye. Otros dos detalles: lleva el pelo tenso en un moño y sostiene un largo abanico cerrado en la mano derecha.

Pero nada consigo al perseguirla, aunque muchas veces lo intento: y cuando resulta inalcan-

zable es más hermosa, porque por delante —compruebe mi desvarío— sólo es un molde hueco de sí misma, carece de rostro, está vacía y su silueta se compone de maderas finas, curvas y barnizadas como las que forman el cuerpo de los Guarnieri o los Stradivarius.

A la otra mujer que percibo la he llamado, por contraste, La Que Siempre Se Acerca. Se muestra de continuo frente a mí, indecentemente desnuda, y su hermosura sólo es superada por los lascivos pensamientos que me provoca. Lleva también el pelo recogido atrás, y su rostro sin sonrisa es tan hermoso que parece sagrado. Separa un poco los brazos y extiende las manos, como pidiendo recibirme. Un detalle obsceno: en el triángulo suave del pubis brilla su piel sin rastros de pelo.

Al contrario que la anterior, ésta siempre es fácil. Pero de nada sirve su posesión: aunque representa todo lo que deseo, al abrazarla envuelvo un cuerpo vacío, pues desde el centro exacto de su cabeza parte una tajante división que la despoja de toda la mitad posterior del cuerpo. Por delante es esa figura de pechos sublimes, carne suave y rostro enloquecedor, pero por detrás posee los mismos límites vacíos que la otra, idéntico barniz de violín.

La Que Siempre Huye. La Que Siempre Se Acerca.

Ahora le pregunto, amigo Pleyel, si usted me perdona: ¿a cuál de las dos debo elegir? ¿Perseguiré a la que me impulsa a hacerlo? ¿Aguardaré a la que continuamente viene hacia mí? Pero piense usted: ¿acaso no son ambas lo mismo?

Ella siempre, desnuda por delante y cubierta de ricos velos por detrás, pero a fin de cuentas una carcasa hueca cuyos pasos suenan a ataúd vacío. ¿A cuál de las dos, pues?

Consumido por estas visiones comprendo al fin por qué amo a George: ella, con nombre y maneras de un sexo y figura de otro, es imposible. Con ella no hay frustraciones porque siempre se mantiene lejana, inabordable. Miento: mi frustración existe, pero constante y lenta; he terminado por acostumbrarme a ella como a un veneno mitridático.

Juzgue usted, querido amigo, mi locura. Quizás su mejor respuesta sea no hacerme caso, y no se lo reprocharé».

Ritual de la pérdida

Nocturno en do sostenido menor opus póstumo
número 16

(En la partitura: acordes lentos, ligados, que se repiten desde el inicio.)

A veces, ausente de casa, la sueño: veo sus pasillos vacíos, los cuadros sin miradas contempladoras, el salón del piano despojado de vida, el dormitorio con los fantasmas de mis pesadillas. Me gusta pensar que, en su ausencia, Blanca es comparable a mi casa solitaria: frialdad geométrica de objetos.

Ese pensamiento tomó forma en el ritual de la pérdida: soñarla y crearla a partir de ese sueño, sólo con el deseo. Fue esta mañana, fría, sin ilusiones, de últimos de noviembre, al salir hacia el conservatorio, cuando la encontré, enterrada en el buzón: una tarjeta blanca dentro de un sobre blanco. La arrugué con calculada lentitud. «Bien», pensé. «Así que ella se irá y tendré que imaginarla.»

No hay nada más hermoso que ese vacío que aguarda para llenarse. Y en esta ocasión he conseguido incluso esa tristeza lánguida de lo irremediable, imprescindible en toda pérdida, que a veces falta, porque soy consciente de la mentira; esa melancolía que fabrica la ausencia y que queda después casi como su único testigo. De repente percibí que todo ayudaba: el viaje en coche, las calles grises, los rostros que desaparecen; todo fugaz, como transcurren las cosas para un hombre abandonado. Y en el conservatorio, dentro del pequeño bastidor de mi despacho, la mano apoyada en la mejilla mientras escucho los errores de mis alumnos, he llegado a decir:

—Tócalo de nuevo con el sentimiento de haber perdido a alguien.

He descubierto que su ausencia, ya consciente, me vuelve ligero como un espíritu: no acorta el tiempo, no lo toca, pero me aleja de él y no lo siento transcurrir; las cosas ocurren leves a mi alrededor, como si viviera en el cielo.

Regresé a casa este mediodía, invadido por su pérdida, y de refilón atisbé a Lázaro leyendo en un sofá. Nos hemos cruzado un breve saludo, y yo he sido el primero en hablar, aunque él ya me había percibido. Comía algo —quizás almendras— y se aletargaba descalzo sobre el sofá, hojeando una revista. No hemos hablado nada más.

En el dormitorio, entre las sombras, he encontrado la primera señal, el primer rastro de su fantasma, doblado en cuatro. Ver y tocar este pañuelo blanco con su inicial bordada en caligrafía antigua —ese detalle: la B mayúscula rodeada armónicamente de líneas curvas— me ha conmovido. Y su perfume dentro, como olvidado. Es fácil soñarla así.

Ahora, tras el silencio de la tarde, aguardo otra señal.

(En la partitura: comienzo del tema; dos notas blancas, la segunda con trino; acompañamiento de cuatro corcheas en bloque; la melodía se desgrana con lentitud.)

Ha venido, se ha sentado en un sofá —espléndida siempre: hoy de azul oscuro, un pañuelo rojo al cuello— y no ha aceptado una bebida —ha terminado haciéndolo, pero sin hablar: cogiendo el vaso entre las manos sin transición; sin embargo, no la he visto beber: ha jugado con las curvas del cristal mientras hablaba.

Nos hemos distanciado, Verónica y yo, como no podía ser de otra manera: creo que todo comenzó cuando ella empezó a apreciarme. O quizás un cúmulo de cosas: la proximidad del recital, al que dedico casi todo mi tiempo; también mi propia inercia, y la suya, o el temor de ambos a que un nuevo encuentro terminara mal. Sea como sea, no nos hemos visto en varios días, hasta que ella decidió llamarme.

—He venido para decirte que lo he pensado mejor, Héctor, y quiero dejar de verte —explicó.

—Ya —dije.

Se encogió de hombros, aún sin mirarme, el vaso entre ambas manos. Y esta vez sí, las uñas pintadas.

—Quizás lo que ocurre es que todo esto es demasiado raro para mí —dijo.

—Demasiado raro —repetí, no porque no fuera capaz de comprenderla.

En mi voz hubo un tono que quizás pudo equivocarla, porque dijo entonces:

—Lo lamento.

—Oh, no —protesté.

—Lo nuestro empezó de forma extraña, así que puede terminar igual.

—Así es.

—Retorno a mis hábitos comunes —sonrió, y casi al instante prefirió la seriedad; una seriedad inquietante, madura, bordeada de carmín y polvo blanco y azul, pintura de ojos, sombras en los párpados—. He empezado a salir con alguien.

Su declaración no me sorprendió. Ella me observó asentir en silencio y comenzó una sonrisa vacilante:

—Creo que he sido demasiado brusca —dijo.

—No. Tú misma lo has dicho: esto termina igual que empezó.

Lanzó un profundo suspiro y su perfume se removió a su alrededor. Contemplé su tórax bajo la chaqueta recta y el jersey ceñido, amplio, ostentoso.

—No sirvo para estas escenas —afirmó—. Hablaremos otro día.

Se levantó de improviso, enérgica como siempre, consultando su reloj. La acompañé hasta la puerta, y cuando la vi limitada por el umbral oscuro, próxima a desaparecer, le dije:

—No quiero que te vayas.

Su expresión de asombro me hizo sonreír, pero fue una sonrisa triste: lo supe al hacerla, como si yo mismo la contemplara desde sus ojos.

—No quiero que te vayas —repetí—, porque Blanca no existe pero tú sí.

—Estás loco, Héctor —ha dicho ella, pero con cierta dulzura admirada, como si eso fuera precisamente lo que más ama de mí.

Esta noche, hojeando mis partituras, descubrí entre las páginas sus guantes blancos, aplastados como una flor dentro de un libro. Una agonía feliz, cierta tristeza extendida ante mis ojos como un velo, me nubló por un instante: se llora por igual en los encuentros y en las despedidas, pero en el momento de mi hallazgo sentí ambos: ausencia presente, regreso de algo que se marcha para siempre. Su espectro habita estos dedos fláccidos y tibios como una promesa a punto de cumplirse.

«Valldemosa, 1840.
Amigo Pleyel: aquí, en muchos sentidos, me hallo más cerca de la muerte.

Por ejemplo, suelo visitar el cementerio donde los monjes se entierran unos a otros, y mis paseos han removido en mí un deseo íntimo y extraño: que mis restos reposen en este camposanto, junto a la pequeña estatua de Venus o de Diana cazadora.

Se asombrará, sin duda, de mis palabras, pero la he descubierto durante mis rondas nocturnas, bajo la luz de la luna, e irremediablemente la amé.

Es diminuta y forma la cúspide de una columna de piedra mohosa, donde se supone que debería hallarse un ángel custodio (pero no hay más bello y perfecto ángel), protegiendo su casta desnudez con un ramo de flores (he creído ver rosas) talladas contra su pecho. No logro advertir qué función, profana o sagrada, cumple en esta tierra de estatuas, pero conocí su secreto ayer noche, y es lo que me decide a escribirle.

Pude verla moverse: no viva, porque no pertenece a nuestro mundo. Tampoco muerta, porque se agitaba bajo la luz de la noche. Quizás como la música: perteneciente a ese lugar intermedio de lo que no existe pero conmueve; o quizás como el deseo: tan terrible.

Su rostro, hermoso como un reencuentro, se volvía de perfil hacia el de la luna, y ninguno de los dos mostraba esa otra parte oculta, llena de sombras. Decoraba sus pechos con el mismo ramo puro de flores (rosas, he creído) que adornan su reproducción en piedra, pero se derramaban mien-

tras ella caminaba sobre las tumbas con pasos de aire: cada gesto era una flor que huía.

Hasta el momento, amigo mío, aún conserva flores en su regazo. Yo aún conservo música, y vida, y palabras.

Pero se van yendo cada noche, con cada gesto. Y su desnudez y mi muerte atraen a mi ánimo por igual: y esperándolas se consume toda mi paciencia.»

Hallé también su blusa, inmóvil sobre el respaldo de la silla, en mi dormitorio; y su falda, plegada bajo mi almohada. Las largas medias negras con liguero aparecieron extendidas sobre el teclado del piano, la otra noche; sus gafas de sol, con su mirada ausente, reposando sobre la mesa. Todo impregnado de su perfume, lleno de su presencia, como si se hubiera despojado de cada uno de estos objetos en un solo instante y me aguardara desnuda y oculta, por sorpresa, como su propia ropa.

Por fin, hoy sábado, encontré su pelo blanco sobre la alfombra del salón. He construido con todo esto, en la soledad del ritual, una mujer invisible y vacía sobre la cama: cabellos, gafas de sol, blusa extendida, minifalda, medias. Entonces retrocedí para contemplarla y sonreí: allí estaba, por fin, todo lo que es ella y que ella oculta cuando se muestra, pero que se revela con fuerza cuando no está. Por fin ella misma, ya que ella misma no existe: en esa interrupción, en ese abismo entre sus prendas, en esa nota de su silencio que también es música, y que se percibe precisamente porque no se escucha, porque no suena.

Y me he desnudado por completo —del todo por fin, frente a ella— y me he entregado a este fantasma; he abrazado sus esquinas vacías y besado los cabellos falsos y los ojos invisibles de sus lentes. Mi deseo dio forma a su cuerpo: desde mi sexo percibí su propio vientre, extendiéndose, ascendiendo; mis manos se cerraron sobre sus pechos recientes; mis piernas, entrelazadas, crearon las suyas; mis labios besaron por fin sus labios de seda, tras una agonía solitaria.

Hice el amor, penetré ese vacío ofrecido —si alguna vez se ha hecho el amor, o ha tenido algún sentido esta misteriosa frase diaria, ha sido en este instante—: un amor tan invisible como ella, pero «hecho» allí, sobre su ausencia. He murmurado: «Blanca», confuso de deseo. Y toda la noche anidé entre sus formas. Y el sueño las encarnó en una criatura perfecta.

Ritual de la muñeca

Nocturno en do menor opus póstumo número 8

(En la partitura: ritmo lento, melodía de corcheas y semicorcheas; ballet triste.)

Un cuerpo se mueve en la oscuridad mientras tocamos. Es posible verlo, sentirlo: el aire se agita a su alrededor. En este Nocturno es fundamental mantener la atmósfera de danza lenta, de ballet clásico: evoca la aparición de una muñeca en una caja de música.

Queda una semana justa para el recital: será el miércoles que viene. Pero estoy en el extremo opuesto a la ansiedad: llevo demasiado tiempo con la carga de estas melodías en mis manos y estoy deseando entregarla. Más bien es la espera lo que logra impacientarme. También la soledad: pensar en Verónica y en su abandono repentino de nuestro pacto. Y soñar con que ella pueda compartir mi dicha algún día, y me comprenda. Para ello me propongo hacerla venir este sábado y regalarle algo: regalarle mi mundo.

En el buzón, esta mañana, el aviso innecesario de nuestro ritual: un pequeño recortable infantil en cartulina amarillenta. Pero la muñeca que encierra bajo los vestidos plegados no es enorme y redonda como las de ahora, sino esa clase de esbelta dama de ojos grandes pintados de azul con el aspecto distinguido de una princesa. El regalo perfecto.

(En la partitura: desarrollo persistente del tema con variaciones en semicorcheas; danza de resorte, de mecanismo de cuerda.)

Ocurrió lo que debí pensar que ocurriría. Sin embargo, y aunque no me lo esperaba, aceptó venir a casa y compartir unos instantes conmigo. Fue puntual: llegó a las nueve y media, cuando había empezado a pensar que no vendría. Siempre tan vital, tan directa —chaqueta, falda gris, elegante— que todo lo falso se revela a su alrededor irremediablemente; tan real que mi mundo parece siempre ficticio junto a ella. Le dije:

—Me alegra mucho que hayas venido, Verónica.

—Creía que los sábados no recibías a nadie, salvo a Blanca —replicó.

Mis ojos se detuvieron con exactitud en su mirada:

—He hablado con ella, y está de acuerdo —dije—. Hoy vendrá y podrás conocerla

No supo contestarme: sonrió, parpadeó varias veces como si la cegara una luz poderosa. Había encendido su primer cigarrillo y se ajustaba imperiosamente los bordes de la falda sobre las rodillas. Me adelanté a su réplica sonriendo:

—Estás muy hermosa. ¿Te lo ha dicho el hombre con el que sales?

—Es de pocas palabras —sonrió.

—Mejor así —dije.

—¿Piensas mudarte? —señaló el piano en el salón, que se hallaba cubierto por una gruesa sábana azul, aglomerada sobre la tapa en bultos irregulares.

—No. Pero hoy no quiero tocar —dije.

Me miraba con cierto asombro triste: consideré de repente que algo había retrocedido entre nosotros al primer día, algo había detenido un tiempo completo de intimidad, y ahora ella volvía a ser psicóloga y yo músico, o quizás cliente, y sus ojos me contemplaban con un interés distinto, repleto de pensamiento. Por lo demás, se hallaba nerviosa, impaciente, poco propicia para revelaciones o sorpresas: lo percibí en su lejanía, en la manera de relajarse apoyando la cabeza en el sofá y lanzando el humo hacia el techo, como si pretendiera demostrar que aún era una «buena amiga» y me otorgara con ese gesto su confianza. Dijo algunas cosas sobre los cuadros del salón mientras yo servía bebidas, se detuvo en la imitación picassiana que poseo sobre los acróbatas del circo y me insistió —no sé por qué— en que leyese a Rilke. Por fin se adaptó al silencio, pero inquieta; el mío propio, persistente, la provocó como una tentación a lanzar más y más frases sin trascendencia hasta agotar incluso aquellas que un hombre y una mujer se dicen cuando no desean serlo: cuando desean mostrarse sólo personas; pero recaló en el silencio como en una cosa que no fuera su meta, ni su deseo, sino algo que encuentras al final de un camino y que salta a tu paso; evitó el juego de mis miradas y dejó transcurrir el tiempo, indefensa ya.

Yo no me había sentado: me recostaba en la pared, entre el piano cubierto y ella, y hacía entrechocar los hielos del vaso con cierto aire culpable. Ella dijo entonces:

—¿Y bien?

Yo pensé que existen varias clases de silencio: mi preferido, como artista, es la expectación, el preámbulo lleno de sugerencias que precede siempre a algo. Lo noto en la mirada del público, detenida en mi perfil cuando me acerco al piano, ya sentado, y me dispongo a tocar; pero también en los roces innumerables de las cosas, que forman el sonido de la inquietud. Verónica, por ejemplo, cruzó y descruzó las piernas en un gesto cansado, se removió con sutileza en el asiento, volvió a beber y a fumar, pero siempre «expectante», aguardando aquello que yo tendría que decirle, o aquello que iba a ocurrir.

—Hablaste de un abandono —dije entonces—, pero yo te propongo compartir.

—¿Qué?

La observé: su gesto de sorpresa me gustó peligrosamente. Inquieta esa vitalidad de Verónica para lograr despojarse de su hermosura —que la tiene, sin duda— y mostrar una expresión de desagrado o de disgusto que, sin embargo, entusiasma porque es irrepetible: no hay foto que le haga justicia, ni pintor que pueda reflejarla. Se trata de un conjunto de muchas cosas, demasiadas para el ojo de cíclope del arte: su aliento mismo, el mohín de sus labios gruesos, los frunces de su frente, las cejas sorprendidas, no sé, incluso la manera en que sostiene entonces el cigarrillo, o proyecta el cuello hacia delante. Es algo tan difícil como la vida, y ella lo posee.

—Compartir —repetí, y desde la pared extinguí las luces, salvo aquellas que descendían en torrente sobre el piano cubierto. Procurando abreviar la pausa, busqué los mandos de mi equipo de música y comenzó en nuestros oídos, sincrónicamente, la débil melodía del Nocturno póstumo, número 8, que evoca ese baile triste con el que todos los grandes compositores suelen zanjar los monumentos de sus obras, esa última tonada sencilla que oímos mientras pensamos: «Suena a muerte».

Entonces la sábana que cubría el piano se alzó en una columna silenciosa y azul de fantasma: los bordes se agitaron sin violencia como cortinas en una ventana abierta. Contemplé el asombro de Verónica, o más bien su extrañeza: los ojos muy abiertos y fijos en esa aparición; se hallaba inmóvil, como si mirara con todo su cuerpo.

La sábana descendió un leve tramo y apareció tras ella el rostro hermosísimo de Blanca.

(En la partitura: las repeticiones lentas del tema originan fusas en la octava superior, descendiendo, pero siempre con ese lánguido aire de danza.)

Casi he finalizado el período onírico de Chopin en Valldemosa con esta última carta. Mi última decisión es no publicarlas: de repente, al releerlas, descubrí que hablaban demasiado de mí mismo. Son sueños desnudos, y no deseo venderlos.

«Valldemosa, 1840.
Amigo Pleyel: he recibido por fin el nuevo piano. Este feliz acontecimiento decidió, sin duda, el tono del sueño que tuve anteayer, y que paso a relatarle.
Era un piano recién adquirido, en efecto, pero tan moderno que sus curvas me derrotaban de puro exóticas; sin embargo, al mismo tiempo, me resultaban estremecedoramente familiares: estrecheces simétricas, una superior y otra inferior, como las que podría tener la caja de una guita-

rra. Al levantar la tapa descubría la razón de sus formas: no era un piano tan sólo, sino el ataúd de una mujer desnuda de piel azul.

Hasta ahora no he podido relacionar esta visión con otras anteriores: respecto de ella misma debo decirle que yo sabía, con esa seguridad casi infantil del que fabrica un sueño, que la mujer había sido enterrada en vida, y lo demostraba el hecho de que sus senos se erguían azules con cada lenta respiración. Sin embargo, fueron vanos mis débiles intentos de despertarla: permanecía quieta, como sumergida en un trance infinito. Un desasosiego nuevo me invadió entonces, y pensé que yo podría resultar culpable de aquella transgresión, así que abandoné mis esfuerzos por resucitarla y me dediqué a hacer lo único que sé: tocar.

Pero tocar en aquel piano me conmovió: no conservo memoria de la melodía que improvisé (así acontece frecuentemente con las músicas soñadas), pero sí recuerdo que se formaba sobre el cuerpo desnudo de la desconocida en su interior: cuerdas trasparentes que se ataban a sus piernas, bordaban su cuerpo azul, y débiles mazos que percutían como dedos en su carne y en sus secretos de mujer con la suavidad de un juego erótico. Unos golpeaban con exquisita delicadeza las recias areolas, un tono más azules que la esfera que las contenía; otros resonaban en sus prominentes caderas; los había incluso, y disculpe la vulgaridad, que retemblaban en su humedad íntima: un golpe único y constante que en mi delirio me sugirió la nota si en la octava media.

Usted, que es una persona sensible, imagine la música que creará este piano de carne de dama. Imagine las octavas, los dobles, triples o cuádruples acordes con pedal, la insistencia en el si de la octava media (un trino a su alrededor, por ejemplo). He fantaseado con el desafío de componer la música de su orgasmo: tocar allí, sobre su cuerpo, hasta sentirla vibrar, hasta despertarla por fin de su éxtasis para arrebatarla con otro. Percutir las teclas sabiendo que cada una golpea una parte diferente de su cuerpo inmóvil y desnudo.

Imagine a la mujer de mi piano.

Y cuando me recuerde deleitando a las damas de los salones de París, frente a Liszt y Grzymala, piense en este sueño y concluya: el amigo Fryderyk no tocaba para ellos.

El amigo Fryderyk Chopin tocaba para la mujer azul que está dentro de su piano: ese es el absoluto misterio de su música.»

Describir sus movimientos exactos, mi regalo, la ofrenda que jamás he entregado a nadie. Describirla mientras descubrió su rostro quieto y hermoso, la desnuda cabellera blanca desordenada, los ojos cerrados; poder contemplarla mientras la sábana continuaba su lento descenso, sostenida por sus manos: revelar su pecho, su débil cintura que se cimbrea al ritmo intuitivo de la música, el sexo oculto durante exasperantes segundos; verla extender con lentitud una pierna, revelarla completa tras los pliegues de la sábana; verla girar sin torpeza, o con la torpeza detrás, oculta por su terrible tentación, por el deseo de alcanzar su piel, verla moverse sobre el piano sin ruido, darnos la espalda, y de repente dejar caer toda la sábana en un gesto tan sorprendente que casi pareció erróneo: y entonces, todo su cuerpo ya, con la fugacidad de las imágenes que se proyectan en una pared, casi con el mismo silencio; su espalda delgada, los huesos visibles y hermosos, la línea de las vértebras delicada; el vértigo estrecho de su cintura antes de los globos de carne, donde se volcaba toda la luz y todo el temblor; las piernas tensas y firmes, pero tan esbeltas. Y verla girar de nuevo, las manos juntas en su secreto, flexionando las rodillas, inclinándose, la boca abierta en el rostro blanquísimo, el pelo enhebrado a sus facciones. Se agacha, se arrodilla, recoge las piernas, se inclina a un lado mostrando más el contorno del muslo derecho; eleva entonces los brazos, las palmas hacia arriba, como si la luz fuera agua que cae y ella la recibiera con ansia. De un solo golpe de la cabeza, de repente, su cabellera cambia de sentido, oculta su rostro: vuelve a arrodillarse, esta vez las nalgas sobre los talones, yergue el torso, toda su exquisita figura se arquea, la cabeza oscila hacia atrás, el pelo roza las pies, los brazos se separan, vuelven a unirse sobre ella. «Dulzura mía», pensé, estremecido, «¿quién puede contemplarte sin ser feliz?» Verónica estaba absorta, pero casi dejó de interesarme: el ritual de la muñeca es tal que logra transfigurarme a pesar de su hábito.

Y de repente verla ponerse en pie, los brazos en alto enlazados con su pelo blanco, que cae como algo congelado por toda su espalda; verla por fin descubierta, mostrada sin secretos, tan hermosa que una descripción la envilecería: su postura era la del símbolo de acuario, la mujer desnuda del cántaro, la imagen del hermoso cuerpo que inspiró a Ingres.

Pero no sé más, porque en mi trance no percibí la intensa crispación que me rodeaba; no percibí por ejemplo su rostro de mejillas inflamadas, sus párpados temblorosos, el titubeo de los labios, esos detalles que son signos y que llegaron demorados hacia mí, porque un caudal con su propia belleza pálida arrastraba lejos todo aquello que no era en sí su figura: Blanca había aceptado realizar el ritual frente a Verónica, pero no percibí su esfuerzo al obedecerme, ni su vergüenza de esclava de mercado.

Terminaba la música, y con su arpegio final la vi saltar ágilmente del piano y caminar hacia su habitación, golpeando sin ruido la moqueta del pasillo con sus pies descalzos.

—¡Lázaro! —grité—. ¡Lázaro, espera!

Me lancé hacia él en una persecución inútil, triste; Lázaro se deslizó hasta su cuarto y cerró la puerta con fuerza.

—¡Lázaro! —volví a gritar; golpeé la puerta hasta que los nudillos me dolieron.

—¡No me gusta esto! —gritó a su vez desde la habitación, la voz débil, interrumpida—. ¡Esto es para ti y para mí! ¡No me gusta ella!

Eso dijo. Me dolió más oírle gemir: eran sollozos tenues, contenidos; un murmullo de niño atemorizado.

—Ella es distinta —dije sin convicción.

No volvió a hablarme. Regresé al salón arrastrando los pies, algo aturdido, pero sin clara conciencia de haber estropeado algo muy importante, descifrando aún las razones de aquella confusión. Miré a Verónica buscando ingenuamente que ella me lo explicara: seguía aún en el sofá; había encendido otro cigarrillo y estaba rodeada de humo y pensativa, como si llevara horas en esa posición, fumando y pensando. Había, en su expresión al mirarme, algo nuevo, diferente a todo lo anterior, que incluso ella misma parecía ignorar.

—¿Cómo está? —dijo.

—No sé —respondí con cierta rudeza. No me sentía culpable, sino, al contrario, necesitado de súplicas de perdón.

—¿Desde... cuándo? —volvió a sus gestos vitales, desagradables, tan chocantes respecto de la belleza de las imágenes que me acababan de deleitar que guardé silencio, con la rabia de una respuesta entre dientes. Ella repitió—: ¿Desde cuándo hacéis... todo esto?

—Desde siempre —dije—. Casi toda la vida. Lo

aficioné a los juegos desde niño: soy veinte años mayor que él y siempre me adoró. De niño era extremadamente hermoso, cualidad que no ha perdido todavía. Jugábamos a disfrazarlo de dama, o de ángel...

—¿Jugabais? —hizo el gesto de desprecio más duro que he visto en sus labios: su voz también se hallaba tensa, preparada para el grito—. Di más bien que lo utilizabas, Héctor. Ahora tiene dieciocho años y sigues utilizándolo... y de una manera horrible.

—Siempre de la misma forma —dije sin mirarla—: nunca consumamos nada. Sólo hay roces, miradas, gestos, escenas provocativas pero fingidas... Blanca es una creación de ambos.

—Pero él es un chaval.

Respiré profundamente y bebí un largo sorbo de todo lo que contenía mi vaso, y que el hielo había ido convirtiendo en un perfume insípido.

—Posee una sensibilidad exquisita —dije—. No lo conoces.

—Dios mío —dijo ella.

Apagó el cigarrillo de repente, con un gesto rápido y tajante, sobre el amplio cenicero de piedra que había dejado para ella en el sofá. Negó varias veces con la cabeza como si respondiera a una absurda voz interior:

—De modo que... —dijo—, cada sábado, él y tú...

—Lázaro y yo llevamos vidas independientes: ese es el trato —repliqué—. Los sábados practicamos un ritual previamente acordado. Nunca hablamos de los rituales entre nosotros, ni antes, ni durante, ni después de realizarlos —me mostraba serio, enfático, como si desgranara la lista de artículos de una ley particular; ella seguía negando con la cabeza—. A él le gusta disfrazarse de mujer y a mí me gusta verle: la ropa y los cuidados de su piel han corrido a mi cargo.

—Ya —dijo ella.

—Me parece la perfección absoluta —murmuré, desafiando su mirada y mil miradas imaginarias como la de ella—. Me gusta verle: es la perfección suprema.

—Es un muchacho travestido —dijo ella.

—Es la perfección —dije—, porque es inaccesible.

No me miró al levantarse y caminar hacia la puerta. La contemplé alejándose y fue casi una sensación del pasado, un tema frecuente en el desarrollo de mi vida: alguien gira, me da la espalda y se aleja. Recibí el impacto de un dolor tan infantil que empecé a llorar sin esfuerzo:

—¿Es que envidias mi felicidad? —dije, intentando ser cruel, pero equivocándome también como un niño.

No me respondió. No me ha respondido. He imaginado millones de respuestas para cubrir ese vacío. Ahora, más que nunca, necesito una respuesta.

Lázaro me halló tocando el póstumo, número 8, cuando regresó al salón, completamente desnudo, sin la peluca. También se había limpiado el maquillaje y ahora su rostro se mostraba como su cuerpo: el rostro y el cuerpo de un muchacho delgado y atractivo; lo más extraño en él, con esta apariencia, son sus piernas suaves, esbeltas, femeninas, y el pubis sin vello, el sexo puro, desnudo. Los mechones de pelo rubio se agolpaban en su frente. Simulé no percibir que había llorado: quizás eso le hizo reanudar el llanto. Me dio la espalda, tembloroso, hasta que su propia angustia detuvo la mía:

—Lo he estropeado todo —dije dejando de tocar.

Se encogió de hombros sin volverse.

—No sé si seguir con esto —murmuró.

Su voz sonó tan pueril, con la nariz obstruida por la llantina, los hipos sacudiendo las palabras, que él mismo pareció avergonzarse y se recobró casi de inmediato. Entonces se volvió hacia mí, muy serio:

—A veces pienso que el precio que debemos pagar por esta felicidad es demasiado alto —dijo.

—Es cierto —admití.

—¿Crees que vale la pena? —preguntó, dócil.

—Vístete, por favor —desvié la vista hasta situarla justo en el teclado.

—Mírame —me retó—. Sólo soy tu hermano.

—Vístete.

Se alejó dignamente de mí, en un silencio poderoso: tanto que pensé en un grito. Froté lentamente mis ojos para despojarme de las últimas imágenes —su cuerpo entre la luz y la sombra, su adolescencia rápida, su llanto—. «No soy una muñeca a la que vistes como te da la gana», oí que decía desde lejos.

Reanudé el lento vals del Opus póstumo, sin acento, sin inspiración, mecánico como una atracción infantil.

(En la partitura: repetición del tema, cromática, con lánguidos descensos desde la octava superior; final sencillo y rápido.)

Ritual de la rosa (II)

Nocturno en si bemol menor opus 9 número 1

El concierto, bien: no me siento agotado ni excesivamente tenso. El ambiente también ayudó: asistieron los justos, hubo un lleno medio en el pequeño teatro del conservatorio. Mucho mejor: no soy ninguna rutilante estrella solista. Todo me gustó: cada Nocturno fue abandonado con aplausos; en el intermedio me obligaron a salir dos veces; al final tuve que ofrecer, tras el opus póstumo, una propina. Pero no había pensado en ella previamente: Mendizábal, tras los bastidores, opinaba que una selección de *Preludios* resultaría perfecta, pero siempre he odiado desviar la atención de un recital con obras diferentes. El epílogo ha de ser adecuado, mantenerse en la misma línea que el resto del concierto. Así que escogí una repetición: la del Nocturno con la que inicié mi actuación, el bellísimo y lánguido en si bemol menor, opus 9, número 1. Previamente me disculpé ante el público por no haber preparado ninguna otra pieza, gesto que a Mendizábal no le agradó. Pero mis palabras terminaron con un aplauso y la repetición del Nocturno también. Me agradó igualmente la versión que ofrecí, tensa pero a la vez soñadora: me encontraba con el ánimo adecuado para hacerlo. Al final, con los saludos últimos, la revelación: Elisa se hallaba entre el público, junto a su madre.

Recibí hace dos días la escueta misiva de sus padres, en la que se me informaba primero que Elisa prefería «interrumpir indefinidamente sus clases de piano», para acto seguido pasar a elogiarme por el esfuerzo y la dedicación con que —ellos lo sabían bien— había supervisado sus progresos. La carta me hizo pensar, porque liberaba mi imaginación, la impulsaba a crear miles de motivos, de sentimientos, rellenaba con palabras los silencios de ella, su decisión. Por eso, al verla sentada en una fila cercana, vistiendo un conjunto rosa pálido como sus mejillas, aplaudiéndome y sonriendo como si se hallara sola frente a mí, en esas tardes otoñales infinitas, imaginé que había venido para responderme: era su manera de escribir una nota a pie de página, bajo las severas palabras de sus padres. Y su carta me llegó en el momento más adecuado: me embargó una extraña felicidad, y sentí que la amaba, pero sólo durante un instante; amé a esa chiquilla inteligente con todas mis fuerzas, pero con la brevedad del amor físico: hay pasiones como insultos dichos a la cara, fuertes y sumamente rápidas; le arrojé la mía con mi mirada contenida y sonreí hacia ella.

Los aplausos también son una pasión breve: la música es otra. Son esfuerzos del espíritu, intensos pero instantáneos. Toda mi preparación, todo mi trabajo, mis notas sobre la interpretación de los *Nocturnos*, los ensayos de varios meses y mi propia vida convergieron de repente en ese escenario: la tensión cedió, se derramó en una agradecida ovación, se impuso el tiempo y la sala comenzó a vaciarse.

Sólo el silencio perdura.

Por fin algo, un pétalo.

En esta lenta semana antes de Navidad, tras varios intentos inútiles de hablar con Verónica, la doctora Arcos, gabinete psicológico tal de la calle cual; tras varias horas de espera cerca de su consulta; incluso tras recibir el mensaje de que se hallaba «ausente», de viaje; después del sábado del concierto, con Lázaro más invisible que de costumbre, la casa solitaria y fría y el retorno del ocio de las clases: por fin.

Hoy, al regresar, busqué afanosamente en el buzón y encontré un pétalo.

He pensado que no hay salidas, porque ninguno de los dos desea escapar. Eso he pensado mientras me dirigía a pie esta tarde helada hacia el Retiro, para el ritual de la rosa. ¿Hablar? ¿De qué sirve? Nadie habla de la intimidad: se hace o no, pero la conversación se posterga, o se sobrentiende. El silencio preside los momentos de sinceridad, aquellos en los que un hombre cierra todas las puertas y deja de pensar para empezar a sentir. Sin embargo, durante los días pasados, quise hacerle saber algo mediante las palabras. Por fin deslicé esta nota con cuidado, bajo la puerta de su habitación:

«En nuestro concierto ya no hay aplausos. Déjame seguir en el silencio contigo.

»Nada ocurrirá, te lo prometo: no te amo; no me amas; no te deseo; no me deseas.

»Pero amamos y deseamos lo que tú sabes evocar en mi inspiración, como una melodía desprendida de ti que nos necesitara: a ti como un instrumento, a mí como intérprete. Amo lo indefinible que tú produces. Tú amas lo mismo. Hacemos música, Lázaro, ¿comprendes?

»Déjame en esa música, en esa oscuridad, en ese silencio puro».

Y hoy, un pétalo, por fin.

Sobran las palabras: deberían oírse, no escribirse, e incluso así, tan sólo como gemidos, jadeos, roces, alientos. Trenzar así una melodía.

He llegado al parque.

Recorrí la vereda conocida, junto a los árboles. Hasta verla.

Sentada en un banco, con las piernas cruzadas, el cabello blanco ocultando su rostro.

No veo la flor: la guardará junto a ella.

¿Cómo expresaré el amor sin palabras?

(En la partitura: último acorde, en si bemol menor, durante todo el compás. Silencio.)

Últimos títulos

94. El necrófilo
    Gabrielle Wittkop

95. La solución salina
    Marco Vassi

96. Silencio de Blanca
    José Carlos Somoza
    XVIII Premio La Sonrisa Vertical

97. Cuerpos entretejidos
    Antonio Altarriba

98. Querido Shera-Zaide
    El Djanina

99. El ama
    Memorias de una dominadora
    Annick Foucault

100. La curvatura del empeine
     Vicente Muñoz Puelles

101. Desnudarse era lo que ella no quería
     Adolf Muschg

102. Roberte, esta noche
Pierre Klossowski

103. La cinta de Escher
Abel Pohulanik
XIX Premio La Sonrisa Vertical

104. Hot Line
Historia de una obsesión
Francesca Mazzucato

105. Bella de Candor y otros relatos chinos
Anónimo

106. Kurt
Pedro de Silva
XX Premio La Sonrisa Vertical

107. El regalo de Luzbel
Ramón Burcet

108. La revocación del Edicto de Nantes
Pierre Klossowski

109. El mal mundo
Luis Antonio de Villena
XXI Premio La Sonrisa Vertical

110. Autobiografía de una pulga
Anónimo

111. Cuentos eróticos de Navidad
AA. VV.

112. Púrpura profundo
Mayra Montero
XXII Premio La Sonrisa Vertical

113. La casa de los budas dichosos
    João Ubaldo Ribeiro

114. Relaciones escandalosamente puras
    Francesca Mazzucato

115. Los perros seguido de
    Las aventuras singulares
    Hervé Guibert

116. Espera, ponte así
    Andreu Martín
    XXIII Premio La Sonrisa Vertical

117. Fanny Hill
    John Cleland

118. La atadura
    Vanessa Duriès

119. Cuentos eróticos de verano
    AA. VV.

120. ¿Qué es Teresa?
    Es... los castaños en flor
    José Pierre

121. Llámalo deseo
    José Luis Rodríguez del Corral
    XXV Premio La Sonrisa Vertical

122. Satisfaction
    Alina Reyes

123. Eso no
    Marcelo Birmajer

124. Amada de los dioses
    Javier Negrete

125. Mujer desnuda, mujer negra
    Calixthe Beyala

126. La séptima noche
    Alina Reyes

127. El impudor de la mirada
    Octávio Lothar

128. Diosa
    Juan Abreu

129. Mi vida secreta
    Anónimo

130. Diario poco decente de una jovencita
    Jacques Cellard

131. Tiresias
    Marcel Jouhandeau

132. Cuentos eróticos de San Valentín
    AA.VV.

133. El cuaderno de Rosa
    Alina Reyes

134. La rendición
    Toni Bentley

135. Dos iguales
    Cíntia Moscovich